全民微阅读系列

温暖的距离

张以进 著

江西高校出版社

图书在版编目(CIP)数据

温暖的距离/张以进著. —南昌:江西高校出版社,2017.9(2020.2 重印)

(全民微阅读系列)

ISBN 978-7-5493-5871-7

Ⅰ.①温… Ⅱ.①张… Ⅲ.①小小说—小说集—中国—当代 Ⅳ.①I247.82

中国版本图书馆 CIP 数据核字(2017)第 217154 号

出版发行	江西高校出版社
社　　址	江西省南昌市洪都北大道96号
总编室电话	(0791)88504319
销售电话	(0791)88592590
网　　址	www.juacp.com
印　　刷	永清县晔盛亚胶印有限公司
经　　销	全国新华书店
开　　本	700mm×1000mm　1/16
印　　张	13.5
字　　数	180 千字
版　　次	2017 年 10 月第 1 版 2020 年 2 月第 2 次印刷
书　　号	ISBN 978-7-5493-5871-7
定　　价	36.00 元

赣版权登字 -07-2017-1095
版权所有　侵权必究

图书若有印装问题,请随时向本社印制部(0791-88513257)退换

目录 / CONTENTS

第一辑　人生最美好的一步棋

神笔　　/002

你不是一棵小草　　/003

救命的松鼠　　/006

仙华佛光　　/008

人生最美好的一步棋　　/011

不一样的风景　　/013

名师的第一课　　/015

最美丽的医生　　/017

作家的位置　　/019

奇特的电脑桌面　　/020

傻人阿福　　/022

草娃得奖　　/024

露露的奖章　　/026

母爱的力量　　/028

让自己拥有一颗坚韧的心　　/030

大师　　/032

第二辑　茉莉的愿望

爱的珍藏　　/036

偷青菜的邻居　　/038

半个麦饼　　/041

两书包亲情　　/043

还给妈妈的三个吻　　/045

茉莉的愿望　　/050

法外之情　　/052

永不失效的承诺　　/055

织毛衣的老太　　/058

邻居　　/060

最响亮的掌声　　/062

朋友的力量　　/064

最美丽的风景　　/066

第三辑　短缺一厘米的爱情

为爱打折　　/070

最幸福的妻子　　/072

爱在一碗稀饭　　/075

婚礼上的空红包　　/077

红绿灯下一盘棋　　/080

短缺一厘米的爱情　　/082

税官男友　　/085

温暖的距离　　/088

幸福的铃声　　/090

约会　　/093

经典之爱　　/095

跨越千年的爱恋　　/097

龙游绝恋　　/101

第四辑　县长下煤井

七爷的旧围巾　　/105

腰板　/106

鳖王老陈　　/108

"老记"回乡　　/111

县长下煤井　　/114

怀揣一个梦想　　/117

金子般的心　　/119

伞　/120

信义堂　　/123

书法家　　/125

陈奂生下村　　/127

雪夜　/130

一杯咖啡　　/132

眼睛　/134

一棵树的风景　　/137

阿贵回村　　/139

名人　/142

老爸下乡　　/144

无价之宝　　/146

第五辑　有个美女来擦鞋

一口吞下一百万　　/151

局长家的花瓶　　/153

有个美女来擦鞋 /156

县长爱拍照 /158

老赵的梦想秀 /161

凋零的玫瑰 /165

最后一课 /167

神医 /170

恩仇一巴掌 /172

第六辑 有梦不觉天涯远

父亲的洁癖 /178

二婶的辫子 /179

一罐米粉糕片 /182

父亲的箴言 /185

"偷"车 /188

有梦不觉天涯远 /190

画画这点事 /192

粽娘 /195

父亲带我卖饼干 /199

飘香的火炉饼 /202

爷爷的桃岭 /205

悠悠香榧情 /208

第一辑

人生最美好的一步棋

神　笔

　　二十五岁的时候，俩人都是一家报社的记者，他擅长写报告文学，她擅长写小说。他和她都梦想着拥有一支神笔，把最精彩的作品奉献给读者。他们的梦没做多久，意外就发生了，由于金融危机，报社破产，两人失业了。离开报社那天，他说，他不会放下手中的笔。她说，她要写一部最精彩的小说。

　　他和她四十岁的时候，他们相遇了。他说他在一家企业办公室担任秘书，随时有下岗的可能；老婆也是一个打工的，唯一让他有收获的，就是已经发表了不少作品，还获得了一次全国性的大奖。她说，她嫁给了一个公务员，家里还开着一家商店，由她全权打理，买了别墅，也开上了轿车。她说这些的时候充满了幸福和满足，他深深地为她祝福。

　　他和她五十岁的时候，她收到了他的请柬，那是他第一本长篇小说的首发式，她装扮一新去了。他看上去头发斑白，要比实际年龄大许多。他称赞她依然年轻漂亮，风采不减当年。她却从他满是皱纹充满自信的脸上读到了快乐和幸福。

　　他和她八十岁的时候，他离开了人世，她也坐在了轮椅上。这天，当她来到公园想呼吸清新空气的时候，发现公园里多了一尊雕像。那是她再熟悉不过的身影，满脸的皱纹里洋溢着自信的微笑。她抹了抹眼角的泪水，俯身看到了雕像的铭文：著名作家，著作等身,被人誉为神笔,著有二十多部作品集,荣获上百次国内外文学奖项。他的至理名言——磨砺成就梦想。

百年以后,她也离开了人世。她留下了遗言,把自己的骨灰撒在了他的那尊雕像旁。她还把自己的千万遗产捐给了一所学校,她向那所学校提出了唯一的一个条件:在进入校园的大门口,刻上他的那句至理名言——磨砺成就梦想。

历史学家说,他是一个作家,不断地磨砺让他拥有了一支神笔。也有人说,她也拥有一支神笔,她用最后的力量构思了最精彩的一部小说。

你不是一棵小草

梅玉兰大学毕业那年,到一座偏僻的山村中学当了一名教师。当时,梅玉兰教的是初一语文,开学的第一天,她就注意到班上有个很特别的学生——一个坐着轮椅的男孩子。

还没去学校,梅玉兰就听几位朋友说过,学校里教学竞争很激烈,多做点成绩,为的就是想早一天离开这个地方,争取往县城调动。班上出现这样的学生,无疑会严重影响她的教学成绩。下课后,梅玉兰立即跑到校长那里,声嘶力竭地想让校长把这个学生调走。校长根本没有理会她的争辩,也没有答应她的要求。校长说,是这个学生选择了她这个老师。梅玉兰不想听任何理由和解释,她知道前途和命运很可能就毁在这个学生手里,但她却一点办法也没有。当梅玉兰无可奈何满脸泪水地推开校长办公室的门准备离开时,她愣住了——那个学生竟然也在外面,他的脸上也是泪流满面。

从学生家长那里,梅玉兰知道那个学生叫罗晓云。一个非常喜欢蹦蹦跳跳的孩子,两年前,他在去外婆家拜年回来的路上,意外遭遇了车祸,被压断了双腿,家中为他花去全部积蓄,却仍然没有保住他的双腿。罗晓云的父亲哭泣着哀求梅玉兰:"老师,你一定要收下他。孩子说过,他一定会听话的。"看着泪水涟涟的父子俩,梅玉兰再也没有了拒绝的勇气。

开初,罗晓云确实很听话,为了照顾他的生活,梅玉兰还发动班里的几位同学组建了爱心行动小组。可没多久,梅玉兰就发现罗晓云上课时经常心不在焉,很多知识也是一知半解。一了解,原来是罗晓云在住院期间,家长和老师没有给他补课,上课的时候很多东西都听不懂。没有办法,梅玉兰只能在课余时间去罗晓云家里帮他补课。

在罗晓云家,梅玉兰一边给他补课,一边从侧面了解他的爱好,发现他最喜欢听的歌就是《小草》:"没有花香,没有树高,我是一棵无人知道的小草;从不寂寞,从不烦恼,你看我的伙伴遍及天涯海角,春风啊春风,你把我吹绿,阳光啊阳光,你把我照耀,河流啊山川,你哺育了我,大地啊母亲,你把我紧紧拥抱。"每当罗晓云唱起这首歌的时候,他的脸上就神采飞扬。梅玉兰问他为什么这么喜欢这首歌,罗晓云回答说:"我是一棵小草,一棵无人知道的小草。"梅玉兰知道罗晓云的心结还没有解开,遭遇车祸后,失去双腿的他孤单而寂寞,读书的成绩也比较差。怎样才能重新让他鼓起勇气呢?

回校后,梅玉兰在整理资料时,突然发现一本获奖证书,那是在师范学院的文艺演出后,梅玉兰表演的歌舞作品获得了优秀文艺作品奖。想到罗晓云那么喜欢《小草》,梅玉兰的脑海中灵光一闪,突然出现了一个新点子。梅玉兰一边给罗晓云补课,一边教他唱《小草》这首歌。

两个月后,在学校组织的文艺大会演中,当坐着轮椅的罗晓云声情并茂地唱完歌曲《小草》时,全场掌声雷动,评委会授予他特等奖。当梅玉兰推着轮椅带着罗晓云领完奖后,罗晓云拉着梅玉兰的手久久不愿松开。梅玉兰也趁机鼓励罗晓云:"晓云,你不是一棵小草,你会长成一棵参天大树,唱歌能行,读书也肯定能行。"

第二天,罗晓云交给梅玉兰一篇《小草》的作文,里面写着这样一段话:"我是一只折断翅膀的小鸟,当我绝望的时候,我遇到了张老师—— 一位美丽的天使,她是我的春风,她是我的阳光,让我这棵小草渐渐成长……"读着读着,梅玉兰被深深地感动了。她把这篇作文认真修改后,推荐到县里参加"小作家"征文大赛,结果获得二等奖。

从县里领奖归来,罗晓云改变了很多,梅玉兰也趁机给他推荐了《钢铁是怎样炼成的》等书籍,并给他讲了一些身残志坚的先进人物事迹。鼓励他敢于面对生活的挫折,让他对生活充满阳光和信心。

在梅玉兰的指点下,罗晓云的学习成绩进步很快,好几次竟然在学校和县里的语文知识竞赛中获得了名次。两年以后,不知是谁把消息报给了新闻媒体,当地的报纸和电视台以《你不是一棵小草》为题,对梅玉兰和罗晓云的事情进行了专题报道,让梅玉兰这位默默无闻的山村教师成了"名人"。原本让梅玉兰最为担心的一个学生竟然成就了梅玉兰的梦想,她接到了县城第一中学的调令。

告别罗晓云和全班学生的那天,梅玉兰和全班学生一起唱起了《小草》:"没有花香,没有树高,我是一棵无人知道的小草——"

"你不是一棵小草,你会长成一棵参天大树。"这是梅玉兰对一个坐在轮椅上的学生的鼓励。其实,在梅玉兰自己的生活中,这句话也一直激励着她自己,在教学之余,利用业余时间不断写作,当她的作品在全国各地的文学杂志不断发表时,梅玉兰也会对自己说:"你不是一棵小草。"

救命的松鼠

梅晓天18岁那年,家里再一次遭受了磨难。梅晓天的父亲早年去世,母亲又患病多年,这天,他母亲的病又犯了。梅晓天趁着夜色去镇中心医院给母亲抓药,回来的路上被车撞倒了,医生说他的左腿可能保不住了。

得知消息,梅晓天的母亲一次又一次昏倒在地,儿子是她一生的牵挂,可现在儿子不仅不能再照顾她,而且有可能需要她照顾。想到儿子是为自己抓药而出的车祸,想到儿子今后要在轮椅上度过下半辈子,母亲的心里像刀割一样,充满了伤心和愧疚。

母亲是坚强的,看到神情低落的儿子躺在病床上郁郁寡欢的样子,她擦干了脸上的泪水,要尽最大的力量照料儿子,以减轻她心中的痛楚。

　　经过一段时间的治疗后,梅晓天和母亲回到了偏僻山沟里的老家。梅晓天的左腿依然毫无知觉,他只能待在床上和轮椅上。母亲每天忙碌着,她不让晓天动一根手指头,甚至连饭也要喂。但是,母亲感觉到,儿子生活得并不快乐。

　　有一天,梅晓天的舅舅来看晓天,舅舅带来了一只小松鼠。灰色的小松鼠长着尖尖的脑袋,两只灵巧的耳朵,还有长长的尾巴,别提多漂亮了。下午舅舅离开的时候,梅晓天已经和松鼠成了好朋友。

　　有了小松鼠,梅晓天开心了不少,听说松鼠喜欢吃核桃、栗子等硬壳的食物,晓天的母亲特意去山上找了一些。为了让松鼠吃得开心,晓天用嘴巴咬开一个个核桃,剥好肉送到松鼠的嘴边。开头几天,松鼠吃得挺欢的。可几天一过,母子俩发现松鼠竟然不吃食了,整天耷拉着脑袋。梅晓天连忙让母亲去找舅舅。

　　母亲很快找到了舅舅,舅舅告诉母亲,松鼠经常要吃核桃、栗子等硬壳的食物,就是用硬壳把自己的牙齿磨短了才能够生存下去。母子俩整天给松鼠喂柔软的食物,结果造成牙齿无法正常磨牙而过长生长,结果吃不了食物。舅舅说:"其实人也是这样,每个人都要去学会适应自己生存的环境。如果连这点也做不到,那他就真得成了一个没用的人。"

　　听完舅舅的话,母亲明白了。她自己认为给晓天无微不至的关怀,其实正是在破坏儿子生存的环境啊。回家以后,母亲用钳子给松鼠剪短了牙齿,告诉了晓天喂养松鼠的知识。更重要的是，她转变了照顾晓天的观念，让晓天一个人悄悄地磨炼着，学会独立地生活。

第二年的春天，母亲躺下的时候，梅晓天重新站了起来，这次磨砺让他对人生有了崭新的认识——活着，就要学会适应自己生存的环境。

仙华佛光

柳月芳大学毕业后，在国家级风景区浙江浦江仙华山当了一名导游，工作一段时间后，柳月芳觉得导游的工作有欢乐，更多的却是苦和累。有时候，自己陪游客游山玩水忙了一天，累得要命，可有的游客依然提出这样那样的要求。有时候，遇到一些不讲理的游客，故意出几个难题，仿佛就跟她作对似的，柳月芳只能让泪水在肚子里打转，脸上却还要装出笑容，让游客高兴。想到这些，柳月芳总觉得生活对她不公平，情绪也低落了不少。

这天，柳月芳接待了一个特殊的团队。说特殊，其实就是五个人的团队中有个特殊的游客，这是个脸色苍白、戴着眼镜的年轻人，坐在轮椅上，四个年轻人轮流背着轮椅开始爬山。仙华山以山峰奇险、岩石怪异而闻名，柳月芳接待过很多游客，但坐着轮椅上仙华山的游客她是第一次见到。果然，开头一段路，几个年轻人还嘻嘻哈哈，轮流背着"眼镜"一步一步向上攀登。一个多小时后，当他们到达景点试胆石时，几乎都累得趴下了。柳月芳跑前看后，也累得气喘吁吁。望着眼前的悬崖陡壁，几个年轻人终于停了下来，"眼镜"感激地说："你们的心我领了，可像你们这样背我上仙华山，到时候，我即使上去了，但是你们几个累趴下了，我也是一生不得安心啊。"在"眼镜"的再三劝说下，他们在试胆石下玩了一会儿，才恋恋不舍地下了山。

谁知没过几天，柳月芳又看到了"眼镜"——坐在轮椅上的年轻人。这次是十几人组成的团队，团员中有老有小。看得出，有几个游客是很有力气的。果然，开始爬山后，几个脸色黝黑的中年人轮流背着"眼镜"，其他的人有的抬轮椅，有的拿物品，一行人浩浩荡荡地向仙华山山顶进发。最引人注目的是个老太太，跑前转后忙个不停。一路上，他们走走停停，柳月芳都是趁他们休息的时候介绍景点。在边走边谈中，柳月芳了解到，"眼镜"名叫刘天杰，今年才十八岁，小时候患病造成双腿瘫痪。前段时间，他听说美丽的仙华山是黄帝的女儿元修升天的地方，就想来仙华山看看，这些亲朋好友都是受天杰母亲的嘱托来帮天杰攀登仙华山的。看着他们争先恐后帮扶刘天杰上山的情形，柳月芳十分感动，她用自己最精彩的语言，介绍着一个又一个的景点，给他们带去美的享受。

不知不觉，一行人过了云路，来到仙坛峰。从这里仰望"第一仙峰"——仙华山顶峰，只见陡峭的岩石呈九十度倒悬在空中，一条叮当作响的铁链就是人们登上顶峰的天梯，看到这样险峻的绝路，大家都露出了为难的神色。确实，刘天杰毕竟是个使不得一点力气的残疾人，万一有个三长两短，那谁能承担起这个责任？就在众人犹疑时，只见那个老太太拿出一条布带说："来，把天杰绑在我身上，我和他一起上。"

"这怎么行？你这么大年纪了，怎么能背得动天杰？"

在大家的目光中，老太太走到刘天杰旁，拉着天杰的手说："我照顾他快二十年了，我相信自己能行，天杰也肯定相信我。"看着老太太坚毅的脸色，刘天杰含泪地点了点头。就这样，老太太把天杰绑在自己的背上，然后抓着铁链，一步一个脚印地向峰顶爬去。半个多小时后，在大家的全力帮忙下，母子俩终于登上了仙华山的最高峰。看着他们平安地上了峰顶，大家悬着的心才放了下来，而在旁边帮扶的柳月芳才感到全身衣服已经被汗水湿透了。

在仙华山顶峰，老太太默默地为刘天杰进行了祝福，就在这时，刘天杰突然惊喜地叫喊起来："妈妈，我看到佛光了——"老太太一听，连声说："太好了，太好了，我知道你一定能行的。"听着他们母子俩的话，柳月芳也急忙沿着刘天杰的手往远处看，可不知为什么，除了茫茫的云海，她却没有看到佛光。游览结束后，柳月芳送着这个团队走了很远很远。

十年以后，在报社当记者的柳月芳到杭州去采访图书《佛光》的首发式，她惊讶地发现《佛光》的作者就是坐在轮椅上的刘天杰。刘天杰告诉她，他母亲有一次告诉他，如果能看到仙华山的佛光，他就能实现自己的梦想。因此，他就千方百计想去仙华山看佛光。柳月芳说："你登上仙华山顶峰那天，我并没有看到佛光啊，难道你真的看到了？"刘天杰笑笑说："从母亲带着我上顶峰那一刻起，我的心里每天都充满了佛光。"刘天杰接着告诉她，他母亲其实是个很胆小的人，平时连爬个梯子也会吓得发抖。可那天，胆小的母亲绑着他登上了第一仙峰，母亲的形象在他心目中一下子变得高大起来，想到这样伟大的母爱，世界上再也没有什么困难能够阻挡住他前进的脚步。

听完刘天杰的话,柳月芳也感慨不已:从前生活并不顺心的她,也一直被老太太的力量所感动着,激励着。几年后,在报社的一次招聘中,她脱颖而出,终于圆了记者梦。采访刘天杰结束后,柳月芳在采访本上写下了这样一段话:有的人拼命地想寻找带给他们幸运的佛光,但是,找到佛光并不一定能找到幸运。只有心中拥有爱的佛光,我们前行的路上才能无所畏惧,一往直前。

人生最美好的一步棋

杰克和杰森是一对双胞胎兄弟,老家在山区。兄弟俩出生时,由于家境贫寒,父母把杰森送给了城里的一位亲戚收养。虽然两家人彼此之间也经常往来,但是,父母发现,不知是条件关系还是别的原因,杰森胆大泼辣,敢作敢为;而杰克却显得生性内向,办事有点缩手缩脚。好在两个人都顺利地考进了大学,巧的是居然是同一所大学的教育专业。

这天,天气阴沉沉的,杰克有点感冒,杰森就陪他去医院。去医院必须经过一个公园,两人在抄小路进入公园时,杰克突然发现一个非常熟悉的面孔,他连忙拉着杰森的手蹲了下来,低声说:"杰森,快看,是帕桑总理。"

"你发什么神经啊,总理在这里能让我们这样靠近吗?"杰森不以为然地说。可当他们再次仔细看那个熟悉的身影时,两人都确定这个人就是经常出现在电视里的帕桑总理。两人与总理之间的距离似乎不到三十米,总理和几位官员坐在公园的小凉亭下,正商量什么事。他们想,总理办完事后,一定会从他们旁边这条路返回。因此,杰克和杰森决定再等上几分钟,那样可以更近地看到总理。

果然,不到半个小时,帕桑总理站了起来,他向路这边走过来。看到总理走了过来,杰克和杰森有点不知所措,杰克更是腼腆地低下了头。总理走到杰克面前,看了看杰克,然后用手托起杰克胸前的校徽说:"是大学生啊。"这时的杰克,不知是激动还是腼腆,竟然傻乎乎地看着总理,一句话也说不出来。而杰森却向前踏了一步,伸出双手说:"总理,您好。"帕桑总理拉着杰森的手说:"大学生在学校里要好好读书,多学知识,你们将来都是国家的栋梁啊。"杰森听了连连点头说:"谢谢总理的关心。"

第二天,多家报刊的头版刊登了帕桑总理看望杰森的大幅照片,许多报刊电台得知消息后也派记者前来,对杰森进行专题采访。一夜之间,杰森成了家喻户晓的名人,学校也把帕桑总理看望杰森的照片作为珍贵的历史资料,收藏到档案馆里。这时,很多校友惋惜地对杰克说:"你错过了这样好的成名机会,真是可惜,但你可以补救啊。你要立刻拿起笔,将你见到帕桑总理的情形写成回忆文章,送到报社去发表,这样也可以给你自己增加知名度。"杰克听了建议,可提笔写文章的时候却又无从下笔,这件事就慢慢搁置下来。

杰森成名后,大学一毕业就顺利地找到了工作,不久就被一位富商的女儿看中,进了名门豪宅;而杰克却被分配到山区一所学校,当了一名老师。艰苦的工作之余,杰克常常思考着,当年如果自己能跨出那一大步,说不定杰森的一切就是他的,他的人生可能就不是现在这样默默无闻,也许他确实错过了人生最好的一步棋。可是回头一想,这样的思考又有什么意义呢？渐渐地,杰克放弃了那种毫无意义的思考,开始脚踏实地地工作。

不知不觉过去了十几年,杰克钻研教学,热爱学生,成了一位桃李满天下的园丁,由于他教学成绩突出,教研成果斐然,获得了全国教育突出贡献奖,在全国教育表彰大会上,他受到了帕桑总理的表彰。这一次,他大踏步地走到帕桑总理面前,向总理问好。总理拿着鲜花向他颁奖和祝贺的照片,第二天就出现在各家报纸的头版。他受到的表彰和获得的荣誉成为他就读过大学的骄傲,学校特地为他塑造了一尊雕像,激励前来学习的学生。而这个时候,杰森自费出版了一本作品集,他把帕桑总理看望他的照片和一些不断回忆那次难忘经历的文章收集在一起,这本作品集寄给了他所认识的每一个人。

百年以后,一位历史学家在整理档案时,偶然翻到了帕桑总理看望杰森那张照片,他在那里凝视了片刻,很快又翻开了新的一页,而在杰克的那尊雕像前,他却凝视了很久很久……

不一样的风景

大学毕业那年,柳方明租住在浦阳江边的农家小院。小院旁有个挖沙的工地,一台破旧的机器矗立在沙滩上。没事的时候,柳方明经常去那里。

半个多月过去了,柳方明跑了十多家单位,都没找到工作。在这个城市里,柳方明没有一点人际关系,他知道要面对这一次次的失败。

那天傍晚,柳方明又来到沙滩上,他觉得自己就像这台破旧的机器,没有一点价值。这时候,房东杨大爷走过来,递给他一张照片。照片上,一轮太阳正缓缓地升起,霞光映照在一台机器上,旁边的树枝绽放着碧绿的嫩芽,充满了生机和活力。柳方明问:"杨大爷,这照片好美呀,是哪里拍摄的?"杨大爷笑着回答:"你再仔细瞧瞧——"

柳方明仔细看着照片,心中一动:这照片中的机器,不正是自己每天看到的这台破旧机器吗?看到柳方明认出照片中的场景,杨大爷告诉柳方明:一年前,有位摄影师朋友来到他家里,看到沙滩上这台旧机器就喜欢得不得了,在他家住了半个多月,早出晚归,最后拍出了这幅全国获奖的摄影作品。杨大爷说:"一台破旧的机器,很多人看来一文不值;但在摄影师眼中,它却成了最美丽的风景,也成就了他的经典之作。"

杨大爷的话让柳方明幡然醒悟,一台破旧的机器也能成为最美丽的风景,自己为什么不从更多的角度去思考人生的真谛呢?在茫茫的人海中,自己可能是一台破旧的机器,但更多的应该是摄影师眼中的风景。想到这些,他愁闷的心态平静了许多。

没多久,柳方明终于找到了一份工作。后来,由于工作变动,他也离开了那座农家小院。但是,他却好好保存着那张照片,因为他心中铭记着这样一个道理:不同的心境,就能看到不一样的风景。

名师的第一课

张慧很喜欢打乒乓球,为了提高球技,她父亲特意替她找了位乒乓球名师,准备让她好好进修一番。

这天,父亲带着张慧去拜见名师,这位名师曾在省级乒乓球比赛中获得过名次,在县里更是首屈一指的乒乓界红人。见了名师后,名师拿起乒乓球拍对张慧说:"我每局让你十分,咱们比试比试。我们比三局,胜我一局就算你赢。"张慧一听很不服气:乒乓球比赛,打满十一分就赢,名师让她十分,他就只剩下一分,输掉这一分就意味着输掉一局比赛。百发百中的神枪手也有马失前蹄,瞎猫还能碰上死耗子呢。再说,平时张慧经常打乒乓球,同学之间比赛也是赢多输少,名师难道真的是不可战胜?抱着这种想法,张慧和名师的较量开始了。开头一分二分,张慧打得很拘谨,输到五六分的时候有点急躁,输到八九分,就想到放弃这一局,然后准备在下一局得分。就这样输了一分又一分,不知不觉中,让张慧感到意外的是,名师竟然没有给她赢一分的机会,三局比赛张慧全都输了。

比赛结束后,张慧红着脸想交还球拍。三局比赛一分没得,张慧拜名师为师的梦想也破灭了。就在张慧满脸失望的时候,名师又对张慧说:"现在我一分都不让你,我和你再比三局。"张慧一听,连忙摆摆手说:"让我十分都不是对手,一分不让那就输得更惨了。"这时候,父亲却走过来拍拍张慧的肩膀说:"师傅让你比,你就试试。"张慧拗不过父亲,只得重新拿起球拍与名师对阵起来,奇怪的是,第一局比分为三比十一,第二局和第三局都是四比十一。这三局比赛,虽然张慧每局都输了,可张慧竟然从名师手里赢了十一分,如果把总分加起来,相当于赢下了其中的一局比赛。

比赛结束后,名师拍了拍张慧的肩膀说:"不错,你就在我这里练球吧。"得到名师肯定的答复,父亲和张慧悬着的心都放了下来。

回家的路上,张慧对这两场比赛总感到不解:名师每局让她十分,三局比赛她竟然一分没得;名师一分不让,她却赢下了十一分,这究竟是怎么回事呢?

父亲见张慧眉头紧皱的样子,笑笑说:"给自己留一分,就是置之死地而后生啊。"张慧听了恍然大悟:名师让她十分,只给自己留一分,他把自己逼入了绝境,自然要百分之百打好比赛的每一分。对张慧来说,对方让她十分,觉得自己反正有的是机会,结果输掉了一次又一次取胜的机会。而在第二场比赛中,名师不让分就没了这份压力,结果反而给了张慧取胜的机会,张慧能从名师手上得分也就顺理成章了。

从那以后,名师的第一课深深印在张慧的脑海里。在后来的乒乓球训练和比赛中,张慧还渐渐地领悟到:让你十分的比赛,不仅包含绝处逢生的道理,反过来,也给即将取胜的人一个警示,留给对手的最后一分,同样可能给你造成致命的失败。

我们的生活也是这样,有时候,胜败就在那关键的一分。

最美丽的医生

黄海洋从医科大学毕业后,向几家省级医院投了几份简历,都是石沉大海。无奈之下,他参加了一家县中医院的公开招聘会,被聘为实习医生。虽然有较高学历和一定的专业知识,但是,找他看病的人并不多。

这天下午,县中医院接到了报警电话,黄海洋和几位医生一起随120急救车来到汽车站。一到现场,他们顿时愣住了:只见一个老头蜷缩在垃圾旁,浑身上下散发着臭气,整个人没有一点动静。几位医生你看我,我看你,都露出了畏难情绪。望着这个胡子拉碴的老人,黄海洋心里一动,几步走到老人身边蹲了下来。他忍着扑鼻的臭气,立即为老人进行把脉、听心跳等初步检查,发现老人还活着,他连忙抱起老人送到救护车上。看到老人被送上救护车,围观的人们纷纷鼓掌向医生们表示敬意。

救护车到达医院后,照顾老人的事自然落到了黄海洋头上。经过仔细检查,黄海洋发现老人并没有其他疾病,可能是身体虚弱后昏倒在地,围观的人才拨打了120急救电话。整个下午,黄海洋一边为老人治病,一边为老人洗脚擦身子,整整忙了大半天。一位刚住进来的病人家属看了十分感动,说黄海洋比老人的儿子还要亲。

第二天,黄海洋正在为老人检查身体状况,他的手机响了,他一接电话,竟然是在北京工作的同学打来的,那个同学告诉他,他在一个国内知名网站论坛上看到了一篇《最美丽的医生》的帖子,上面的视频录像记录了黄海洋救治老人的情况。帖子已经有上千篇跟帖,每一篇帖子都对黄海洋的举动充满了钦佩和赞赏。

就在这时候,病房突然涌进来一大群人。原来,得知消息的报纸和电视台记者也纷纷赶来采访。面对镜头,黄海洋不知所措,涨红着脸说这是自己应尽的职责。但病房里的几位病人却详细讲述了黄海洋昨天照顾老人的经过,让大家对这个年轻人更加佩服。

随着报纸新闻的发表和电视台新闻的不断播出,黄海洋很快成了小县城的名人,在县里举行的"道德楷模"评选活动中,他以绝对的优势当选为"道德楷模"。没多久,黄海洋被省城的一家医院看中,收到了他们的聘书,他终于圆了自己进入省城的梦想。

一次小小的救治就这样彻底改变了黄海洋的命运。那么,黄海洋抢救老人时为什么敢于迎难而上呢?在一次《真诚面对面》的电视节目中,黄海洋袒露了自己的心境。黄海洋说,他是一个来自山区贫困家庭的孩子,母亲多病,家中仅靠父亲耕田种地为生,家境很艰苦。考上大学那年,父亲东挪西借却依然还欠一千元学费。就在他们万般无奈之际,村里有个靠捡垃圾为生的老人来到他们家中,塞给了他们一千元钱后一言不发地走了。从那时起,黄海洋就改变了自己观念,立志大学毕业后要帮助需要帮助的人。因此,当看到那位昏迷的老人时,他第一时间就想到了村里曾经给他捐助的那个老人,毫不犹豫地上前对老人进行了救治,让人意外的是,有人用手机拍下了录像,上传到了网络,引起了人们的关注。

大爱无边,我们的生活也是这样。有时候,当我们献出自己的点滴爱心,也许生活的航线会因此改变。而假如每个人都付出一点爱,我们的生活就会拥有爱的海洋。

作家的位置

柳晓霞在一家餐厅当服务员,她发现餐厅里有一张桌子,很少有人光顾。那是一张靠近卫生间出口的桌子,虽然卫生间装修豪华,但是,几乎没有人坐这张桌子。有几次,客人很多,柳晓霞把客人领到那张桌子旁,客人却宁愿站在其他桌子旁等候,也没有人坐那里。

可有两个客人特别爱坐这张桌子。这是一老一少,老太太已经鬓发斑白,孩子看上去才十多岁。老太太一到餐厅,就拉着孩子走到那座位上。那孩子起先还翘起了嘴,可不一会儿,不知听了老太太说的什么话,脸上绽放出了笑容。两次,三次,只要老太太来这里吃饭,她就带孩子坐在那张桌子上,吃得津津有味。这对特殊的客人引起了柳晓霞的注意。

这天,看到老太太带着孩子又来了,柳晓霞热情地迎上去,孩子高声叫嚷着:"奶奶,其他位置还空着呢。"但是老太太没有理睬,依然来到卫生间旁的那张桌子边坐了下来。

柳晓霞终于忍不住了,问:"其他位置还有空着,你为什么还要坐这个没人要的位置呢?"

老人回答说："坐在八仙桌上吃饭，和蹲在屋角吃饭有什么区别吗？最重要的是有饭吃。我带孩子坐这个位置，就是要告诉他，重要的不是坐在哪儿吃饭，而是你能够有饭吃。"

柳晓霞听了，心里一热！老太太走后，她了解到，老人是个小有名气的作家。不久，在柳晓霞的建议下，那张桌子上摆了一块三角牌，上面写着"作家的位置"。

从那以后，坐那张桌子的人渐渐多了起来。

奇特的电脑桌面

那天，我去朋友家，随意碰了一下电脑鼠标，电脑桌面上出现了一张奇怪的照片。这是一张杂乱无章的图片，一棵不知名的小草占据了整个画面，小草下是一堵墙，背后还有蓝天白云，看样子像是哪家的屋顶。小草没有什么生气，唯一让人眼睛一亮的，是小草顶端开着的那几朵淡蓝色小花。我问朋友："这么难看的照片你也要放在桌面上？"

朋友笑笑反问："你觉得它难看吗？"

我说："阳光、沙滩、椰树、绿草、鲜花、美女，什么照片都可以作电脑桌面啊，你为啥要选这样一张毫无生气和活力的照片呢？我把它删了吧。"

谁知朋友一下子扑过来，拉开我的手说："你不能删这张照片。"

我觉得奇怪,这张要啥没啥的照片,朋友为什么会这么看重?看我疑惑不解的样子,朋友带着我来到他家的屋顶。我看到朋友与邻居相隔的那堵墙头上,竟然长着一棵小草,开着几朵淡蓝色小花。朋友告诉我,这堵墙在高高的四层楼顶,没有一丁一点泥土,风吹雨打。几个月前,他偶然发现墙头上突然冒出了一个嫩芽,那一刻,他被深深地震撼了。站在那细小的嫩芽前,他在想:这颗种子是鸟儿带来的吗?还是风给它吹过来的?朋友想给那棵草浇点水,可他端起水瓢又放下了。马上就到夏天了,烈日的暴晒,风雨的敲打,它能有几天的生命?再说,他还要外出几个月时间,小草是绝对熬不过整个夏天的。朋友三个月后回家,当他走到屋顶的时候,他惊呆了。那细小的嫩芽不仅没有消失,反而长得更加茂盛,顶端还开着小花。那一刻,他欣喜地找来照相机,把小草的照片拍了下来,放在电脑桌面上。朋友说:"既然上帝安排我来到这个世界上,就一定会有让我活下来的理由,我要像墙头上的这棵小草一样,生命不息,永不放弃。"

听完朋友的话,我泪流满面。我是特意来劝慰这位朋友的,他在三个月前被确诊为癌症,得知他从医院回到家中,我想来劝劝他,想不到,他却比我乐观许多。我对朋友说:"这张照片你发给我吧,我也要把它作为桌面照片。"

傻人阿福

阿福是个实在人,在一家公司办公室上班。公司规定八点半上班,阿福却是八点没到就到了办公室,打开水,搞卫生,不仅把自己的办公室搞得很整洁,还把单位几位领导的办公室也收拾得很干净。工作中,阿福很敬业,勤勤恳恳,无论是公司事务还是临时交办的任务,都完成得很出色。下班时间到了,阿福总是最后一个离开工作岗位,有时候也要迟上半小时。有人说,你每天上班下班多一个小时,八天后不是多出一天工作量了吗?阿福笑着说:"这有什么?我年轻时干农活,哪天不是起早摸黑的。再说了,早起晚归还是免费锻炼呢。"有人听了说,在家干活那是为自己,值得;在单位干好八小时就行了,这阿福,傻!

几年一过,和阿福一起进公司的几个人,有的提拔了,有的上调了,可阿福的位子却是一点没变。有人为阿福抱不平,说领导没看上他这个实在人。也有人说,阿福既没有什么靠山,也不会搞关系,这提拔的好事哪轮得到他这傻人?有人则干脆对阿福说:"阿福,你这样拼死拼活干有啥意思?要多和领导沟通沟通啊。"说穿了就是让阿福去走动走动。可阿福却像不理会似的,照样上他的班,过他的平常日子。于是,公司里的人背后都叫阿福为傻人。

又过了几年,阿福的工作依然很勤恳。有一天,传达室的老李突然说了一个令人震惊的消息，阿福得了一个全国科技发明奖，听说奖金就有好几万，还要去北京参加颁奖大会。这一下，公司的人都感到奇怪，公司里科研人员这么多，却从未在全国性大赛中获过奖，而阿福是一个办公室人员，竟然获得了这个全国性的奖项，公司总经理当场表示要给阿福重奖。从后来记者的采访报道中，大家才知道，阿福除了上班，几乎把所有的业余时间全部用在了科技发明上，经过多年努力，终于有了收获。

阿福从北京领奖归来后，依然是提前半小时上班，推后半小时下班，兢兢业业地工作。有人对阿福说：这下你有资本了，可以让领导给你动动位子了吧。阿福还是一笑：这位子挺好，结果阿福还是没有动位子。

时间一过又是数年。阿福所在的公司因为金融危机倒闭了，很多人下岗。而阿福却凭着全国科技发明奖和敬业精神顺利地进入另一家公司。阿福这个实在人凭着业余时间的不懈努力，为自己开辟了新的生活空间。

傻人不傻，这是阿福留给我们的答案。我们每个人的生活都是这样，平常的时候，工作多敬业一点，业余多学习一点，多为自己积累一点，也许生活会为你打开另一扇精彩的大门。

草娃得奖

草娃的征文得奖了,而且是全国性大奖赛的特等奖。接到朋友的报喜电话,正在工地上搬运砖块的草娃几乎不敢相信自己的耳朵。挂掉电话,他把砖块一扔,在工友惊诧的目光中,跑出了工地,冲进工地旁的一个网吧,当他在网上看到得奖的确切消息时,他突然有种昏眩般的幸福。

草娃是个山里人,父母都是农民。读书的时候,草娃问父亲为什么给他取个这么俗气的名字,父亲告诉他说:"什么东西生命力最强?草啊。你看满山遍野的,在什么地方都能生根发芽。假如你能成为一棵草,我也就放心了。"草娃并不十分明白父亲的话,但是,读过几年私塾的父亲一直是他心中的偶像,父亲的话让他安心了,草娃就草娃吧。

草娃读书读得很认真,但他没能考上大学。高中毕业回家后,他的书包里藏着几十本文学作品。有位朋友告诉他,县城有个摆地摊的年轻人,有篇文章在全省征文比赛中获奖,后来调到县文化馆搞专业创作,成了作家。这消息让草娃心头一震,原来写文章也可以改变人的一生,他的心头有了一个梦想,他也要争取获奖,省里的,全国的,他的梦想飞得很高很远。

草娃白天帮父母干些农活,晚上就躲在被窝里看书。他写了很多文章,细心地贴上邮票,跑到数里外的邮局,寄出去。但是,送报的邮递员每次带给他的都是失望。后来,草娃和村里的年轻人一样离开了家乡,去陌生的城里打工。草娃没有文凭,只能在工地上找些活干。草娃依然喜欢看书,依然喜欢写文章。但是,草娃却没什么收获,就像一棵平凡的小草。

没有放弃的草娃如今终于得奖了。从网吧出来,他给自己熟悉和不熟悉的朋友发了很多很多的短信。走在坑洼的工地小道上,听到不时传来的回复短信,在声声祝贺中,他的心情格外开朗。睡在低矮的工棚里,半夜醒来的时候,他脸上的笑容也是阳光的。

第二天,草娃带着那份有他名字的获奖名单,去了县文化馆。馆里冷清得很,有个老头看了那份获奖名单,语气淡漠地说:"现在的评奖很多,再说你这个奖是协会评的,只能算民间组织的。"老头的话让草娃心头凉了半截。

接着,草娃又去了好几个部门。看到民工打扮的草娃,门卫盘问许久才放行。进了办公室,对方看了看草娃手上的那份获奖名单,说的还是文化馆老头那几句话,评奖多,民间的。走过几个部门,草娃的心头渐渐没了获奖的那份喜悦。

草娃又回到了那个工地,脸上渐渐没了昨天的喜悦。阳光下,他依然和工友们一起在工地上挥汗如雨,到了晚上,他又钻进了充满汗臭味的工棚。

两个月后,草娃领到了两千元奖金,这是一个正规的征文比赛,他得的确实是一个全国性的大奖。草娃没有张扬,他把两千块钱分成五份,寄给了外省的五个贫困孩子,他的汇款单上只写着这样一句话:"放飞你的梦想。"

草娃依然奔波在工地上,他是一个草娃,他只是一棵平凡而朴实的小草。草娃依然喜欢看书,依然喜欢写文章,依然做着他心头的那个梦想……

十年后,草娃凭着实力获得了很多全国性的文学奖项,还加入了省作家协会,出版了作品集,他成了小有名气的"民工作家"。在一次接受记者的采访时,他对记者说:"我是一棵根植民间的小草,我会永远做一个草娃。"

露露的奖章

这天傍晚,项晓宇吃过晚饭正在家门口溜达,一辆摩托车疾驰而来,项晓宇仔细一看,原来是邻居小陈带着儿子露露回家来了。项晓宇跟小陈打了招呼,小陈打招呼后也把车停在了自家门口。

小陈的摩托车还没停稳,露露就跳下摩托车向项晓宇这边跑了过来。城里人家都是各过各的,平时很少来往;六岁的露露往常见了项晓宇他们也是怯生生的。因此,露露跑过来项晓宇也不是很在意,以为露露家还有客人来。谁知露露径直跑到项晓宇面前说:"大伯伯,今天我得到了一块奖章。"说着,露露从胸前拿出一块金光闪闪的奖章放在项晓宇的手心里。握着那块带着孩子体温的奖章,项晓宇对露露说:"露露真了不起,大伯伯还没有这样的奖章呢。"露露脸上顿时露出了惊喜的神情,说:"真的吗?我最佩服大伯伯了,大伯伯的文章得了那么多奖,怎么会没有奖章呢。"这时候,小陈走过来对项晓宇说:"这孩子,昨天去参加围棋比赛,老师颁发给他这块奖章,今天碰到谁就把奖章递给谁看。"项晓宇说:"孩子得了奖章说明孩子有进步啊。"接着,项晓宇对露露说:"露露得了奖章,说明今天有了成绩。不过明天更加需要努力,那才就会有更多更多的奖章。"

"是呀是呀,看了奖章的人,就数大伯伯说的话最好了。"露露兴高采烈地拿回了自己的奖章,又把奖章细心地藏进自己的胸前,蹦跳着离开了。看着快乐的孩子,项晓宇对小陈说:"别看我现在是作家,其实我的第一张奖状也是父亲颁发给我的。"项晓宇告诉小陈,读小学的时候,他参加了一次成语接龙比赛,成绩并不理想。但是,当老师的父亲却也发给他一张奖状,并把奖状端端正正地贴在堂屋里。就是那张小小的奖状,让他爱上了成语,爱上了语文,爱上了文学,最后成就了他的作家梦。项晓宇对小陈说:"有时候,我们大人的每个举动也许可以改变孩子的一切。"

听完刘天明的话,小陈若有所思地说:"大作家,谢谢你。明天我就把那枚奖章给露露挂起来——"

母爱的力量

阳光明媚是一家故事杂志社的编辑。这天下午,她收到了一封来信。拿着那封信,看着信封上歪歪扭扭的字,就觉得来稿的质量不高。果然,来稿不仅语言不好,还有不少错别字,更说不上故事创作的章法和技巧了。阳光明媚叹了口气,觉得现在故事热门,什么样的水平都想写故事。正当她想把那篇来稿放进废纸堆时,竟然看到稿纸反面还写着这样一段话:

"乌云笼罩的天空,还会有阳光吗?冰封泥土的种子,还能有春天吗?"署名是朵朵梅花。阳光明媚觉得这几句话有点意思,她仔细一想,是不是文章作者有什么意外?想到这里,阳光明媚想给作者去个电话,可翻遍了信封和稿纸,除了一个地址,没有其他联系方式。阳光明媚特意把这几句话摘下来,写上了回复:"乌云总是遮不住太阳的;冬天到了,春天还会远吗?"请示总编后,阳光明媚以最快的速度把来信摘要和回复发在杂志上,寄给了朵朵梅花。

从那以后,阳光明媚就会不断收到朵朵梅花的来稿,一篇接着一篇,有时一起寄来好几篇,稿子依然不能用。但是,那份写稿的认真和执着让她感动。阳光明媚就一次一次把样刊寄给朵朵梅花。

不知不觉过去了三年,阳光明媚在朵朵梅花的来稿中找到了一个很好的故事核。在阳光明媚的精心修改下，这个故事得到发表并且获得了杂志年度最佳故事。

在杂志社举行的颁奖大会上，阳光明媚见到了朵朵梅花，朵朵梅花坐在轮椅上，是他母亲推着他来的。见到阳光明媚，朵朵梅花把一沓发黄的故事杂志递给她，感激地说："就是你给我编的这些故事作品，让我看到了希望。你不仅是我的老师，更是我生活里的阳光。"阳光明媚接过那些杂志一看，杂志上发表着一篇篇朵朵梅花的故事。阳光明媚仔细一想，不对，以前她从没编发过朵朵梅花的故事呀？

看着阳光明媚疑惑的样子，朵朵梅花的母亲说出了一段往事。三年前，朵朵梅花和他父亲外出遇到了车祸，父亲当场死亡，朵朵梅花也重伤住院。在医院里，面对几乎成为植物人的孩子，母亲想到孩子平时喜欢看故事，就每天给孩子讲故事。讲着讲着，孩子醒过来了。后来，孩子说自己想写故事，可他的双手被截肢，母亲就让孩子说，她一笔一画地记，把孩子讲的故事记录下来。母亲说，收到阳光明媚回复和样刊后，她特意去打印店，让他们拆掉样刊，把孩子的故事编上去后再重新装订。于是，孩子经常可以收到有自己作品的样刊，孩子也在这样的鼓舞中不断振作，终于有了自己真正的作品。

看着被母亲推上领奖台的孩子，阳光明媚和在场的所有人都被这个故事感动着，伟大的母爱改变了孩子的世界。

让自己拥有一颗坚韧的心

柳春雨的儿子柳楠楠今年15岁,读初中三年级。楠楠聪明乖巧,是个非常懂事的孩子。可惜的是,三年前,一场意外的车祸压断了他的双腿。在医生的精心救治下,楠楠的生命保住了,可却不得不截去双腿。

三年来,柳楠楠的心情时好时坏。考虑到楠楠的实际情况,老师再三关照柳春雨要好好照顾孩子,柳春雨也不敢给儿子压力。但是,升学在即,楠楠的心态却是一落千丈。这样下去,别说升学考试,就连生活下去的勇气也将失去。看着神情落寞的楠楠,柳春雨的心头像火烧火燎似的。

这天,柳春雨到省城参加文学创作笔会,他遇到了很多只知其名不知其人的文友。特别是当他看到羡慕已久的文友眉含春时,一个念头涌上了心头。

半个月后,柳春雨带着儿子来到眉含春家,当楠楠看到作家眉含春时,一下子惊得说不出话来。眉含春的文章有的洋洋洒洒,如行云流水;有的飘逸洒脱,经典精致;有的一波三折,荡气回肠。在他的想象中,眉含春要么是个风流潇洒的奇男子,要么是个漂亮多姿的美姑娘。可当眉含春出现在他面前时,楠楠看到的竟然是一个盲人。

"楠楠,快叫眉叔叔。"柳春雨对儿子说。

"小朋友,你好。"眉含春听到楠楠的叫声后,满脸微笑地向楠楠打招呼,"你爸爸跟我说过你的故事。"

眉含春说:"楠楠,你知道叔叔为什么写作吗?就是因为叔叔没有一双明亮的眼睛。"眉含春告诉楠楠,他从小失明。因为没有眼睛,他的听觉练得特别灵敏,对听到的故事记忆深刻。渐渐地,随着素材的增多,他有了一种创作的欲望。为此,他特意苦学盲文,并逐渐学会了盲文写作。在父母的支持下,他的文章越写越好,随着文章的不断发表和获奖,他的人生也走出了失明的困境。"上天没有赐予我观察世界的眼睛,却给了我一双过耳不忘的耳朵。我想,只要有一颗坚韧的心,任何奇迹都有可能发生。"

只要有一颗坚韧的心,任何奇迹都有可能发生,楠楠听得呆住了。他默默地看着父亲,父亲的目光中充满了力量。是呀,有一颗坚韧的心,世界上还有什么困难能阻止我们前行的脚步?!

回家以后,柳楠楠很快走出了生活的阴影。柳春雨也在儿子的笔记本上看到了这样一句话:让自己拥有一颗坚韧的心去远行。

大　师

孟强是个偏僻山村的农家孩子,要不是那场车祸,他会和其他的农村孩子一样,渐渐长大,成为一个农民或者在都市漂泊的打工者。孟强的父亲是个瘸腿残疾人,母亲是个个子矮小的侏儒。

孟强六岁那年的秋天,父亲到镇上摆摊了,母亲就在公路旁的水渠里洗衣服。独自在家的孟强,耐不住寂寞,步履蹒跚地来到公路旁。看到母亲的身影,他欣喜地迈着小脚冲了过去。

急促的刹车声后,孟强的母亲看到孟强倒在一辆货车的前轮底下,吓傻了的货车司机愣在驾驶室里不知所措。孟强的母亲跺着脚用手擂着车门泪流满面、声嘶力竭地大喊。闻讯赶来的村民救出了孟强,孟强的双腿被轧断了。

孟强被送进了医院,双腿截掉了。货车司机家境贫寒,连医药费也没能拿出多少。孟强的父亲和母亲东奔西走,村里捐村外讨,感动了一位报社记者,媒体的报道引发了市民的关注,市民的爱心捐款让孟强渡过了难关,他从死亡线上捡回了一条命,活了下来。

生活中精彩的故事很多,没多久市民就对孟强的故事失去了兴趣。孟强回到了老家,整天呆坐在床上,床边的那扇小窗是孟强唯一的欢乐和希望。有一次,看到几只麻雀站在窗台上叽叽喳喳闹个不停,他看得痴了。

孟强的父亲依然去镇上摆摊,母亲给人家串水晶玻璃珠,串一串几分钱。孟强有时候也帮母亲一点,但那一分一厘积攒的钱仅够一家人的日常开支。

过了一年,孟强被送进了一家马戏团。马戏团的胖团长来到孟强家的时候,围着孟强转了好几圈,就把孟强带走了。胖团长说:"到了马戏团,管吃管住还能开眼界。"

胖团长很严厉,孟强在那里什么都学。特别是学习扑克牌的变牌技巧,胖团长每天都在盯着他练,一天练上数百遍。有时候,腿麻了,手酸了,胖团长嘴里还是一个字:练。

马戏团到乡村演出,没有双腿的孟强让村民感到惊奇。而他表演的变牌更让村民叹为观止,一副扑克牌在孟强手里像一条甩不掉的花手链,在孟强的手里飘呀飞呀,让人赞叹不已。孟强的表演结束后,村民纷纷把钱丢进胖团长的帽子里。

孟强跟着胖团长走南闯北,胖团长很少要求孟强做什么。但是,孟强每天必须训练牌技。孟强把扑克牌玩得眼花缭乱,胖团长却让他一次又一次重做。胖团长说:人家是十年磨一剑,你练了才几年?火候差远了。孟强不服气,把扑克牌一丢,气呼呼地说:"您试试?"

胖团长捡起扑克牌放在他面前:"你不练,随时可以走。"

孟强没有走。孟强没有双腿,离不开马戏团,他只能听胖团长的话,继续练扑克牌。

不知不觉地过了十多年,乡村的人不少进城了,乡村家家户户有了电视或电脑,马戏团的收入也越来越少,终于有一天,胖团长把所有员工召集在一起,说:"马戏团入不敷出了,再带着大家,连饭都吃不饱,我于心有愧。大家都有一手绝技,各奔前程吧!"

孟强抱着胖团长大哭,胖团长拍拍他的肩膀说:"继续练你的牌技。"

孟强回到了老家,父亲依然在镇上摆摊,母亲还是串那水晶玻璃珠。孟强除了帮母亲串珠子,就练牌技,他记着胖团长的话。

胖团长给孟强汇来一笔钱,还不时打电话过来,问孟强有没有在继续练牌技,孟强笑着回答:"师傅,您放心。"

春风送暖的时候,胖团长打电话过来,说省电视台举办绝人绝技大赛,已经给他报了名。

孟强来到省电视台那个令人炫目的舞台上,七彩的灯光流光溢彩,柔和的音乐舒缓流淌,台下的观众热情如潮。孟强有点紧张,但他很快镇静下来,他看到了观众席上的胖团长。

拿牌,出牌,玩牌,在舒缓的音乐声中,孟强的双手像两根魔棒,手中的扑克牌像一片片叶子,围绕着他翩翩起舞。随着音乐加快,他的牌也越转越快。猛然,音乐戛然而止,他眼前的扑克牌也骤然消失。

台下掌声如雷。主持人赞美孟强精彩绝伦的牌技表演,更希望孟强说说成长的传奇经历。孟强却指了指观众席上的胖团长,说胖团长一直在鼓励着他。

当主持人把话筒交给胖团长时,胖团长说:"一个失去双腿的孩子,要想生存就需要一门绝技,因此我不停地催促他训练。我想,是人生的磨难和坚持不懈的努力让孟强成了大师。"

第一辑 茉莉的愿望

爱的珍藏

柳婶下岗以后,在一家家政服务公司当保洁员,她为人实在,既心细又勤快,不久就成为公司里的业务骨干。

这天,她刚到办公室,经理就让她到梅苑别墅88号杨先生家去上门服务。柳婶很快赶到了目的地,别墅的主人是一对中年夫妻,想必他们已经接到了经理的电话,听了柳婶的自我介绍,热情地把她让进了屋子。女主人对柳婶说:"我们还要出去办点事,你自己一个人在家里做好了,有些空饮料瓶什么,你把它清理掉好了。"柳婶听了点点头。

果然,没过一会儿,夫妻俩与柳婶打了个招呼就开车出门了。

柳婶对家政服务是熟门熟路,她先把房间一个一个进行清理,把一些没用的东西清理到院子里,然后擦玻璃抹桌子拖地板,干得有板有眼,很快把楼上的几个房间整理好了。到了一楼,柳婶在整理大客厅时,看到门背后有一堆长短不一的小棍子,看上去有二三十根,只有手臂粗细,长度在一二米之间,放在里面的棍子已经布满了灰尘。柳婶三下五去二地把这些小棍子移到院子里,在搬动中,她看到有几根小棍子上还绕着一些看不出颜色的丝线。这些小棍子,明眼人一看就可以知道,既不能当什么材料,也没有什么用途。整理完房间以后,门口来了一位收废品的大爷,柳婶把清理出来的废品卖给了大爷,顺便把那些小棍子也送给了大爷,大爷说声谢谢就走了。

　　大爷走后没一会儿,那对中年夫妇就回到了家中,看到家中的一切变得井井有条,窗明几净,夫妻俩非常满意,可当他们转到一楼客厅时,中年男子突然惊叫起来:"柳婶,门后那些小棍子呢?"

　　"我送给收废品的大爷了。"柳婶回答说。

　　听了柳婶的回答,中年男子一下子变了脸色:"你怎么能随便把有用的东西扔了呢。快,我们赶快去追回来。"说完急急忙忙把柳婶拉上了车,去追赶收废品的大爷。

　　在别墅区的另一端,他们终于找到了收废品的大爷。一听柳婶要把那些小棍子要回去,大爷不干了。他说:在路上,他就已经计划好了,准备用这些小棍子给孙子钉一张小摇床。如果棍子没了,他的小摇床也没了。大爷说:"这些棍子已经送给了我,我就有权处置。如果一定要拿回去,你们就赔我二百元钱,我去买张小摇床。"

　　柳婶一听气得不行,谁知中年男子却爽快地拿出了钱递给大爷,对柳婶说:"把棍子搬到车上。"看着那些满是灰尘的小棍子,柳婶迟疑着不敢往车子里放,中年男子自己动手,把那些棍子从废品车上拿下来,放到自己的车子上。

　　看着这奇怪的一幕,很多人好奇地围了上来,大爷手里捏着那两张百元钞票,收也不是,不收也不甘心,左右为难。迟疑了好一会儿,他走到中年男子面前说:"老板,我知道这些小棍子不值什么钱,你究竟为什么要花钱把它买回去呢?"

　　中年男子擦了擦手说:"这些小棍子,对别人来说确实没什么用场,可是对我来说,却是像宝贝一样保管着,我在城里打拼,

搬了好几次家,很多值钱的东西都扔了,可这些小棍子,我总是住到哪里,就带到哪里。"中年男子说着拿起一根小棍子,他吹去棍子上的灰尘,棍子的一头露出一段红丝线。"这根棍子,是我爸在我二十八岁那年春节从乡下挑来的,那年我做生意亏本,连过年买年货的钱也没有。我爸爸不仅挑来了腊肉、馒头和高粱烧酒,还特意给我捎来了吉祥的红丝带。"中年男子又拿起另外一根棍子,上面系着一条七彩丝带。中年男子告诉大家,这根棍子,是他父亲给孙子过生日时挑进城的,那是个风雪交加的日子,当他打开门时,看到满身雪花的父亲挑着孙子的生日礼物,他的眼泪再也止不住了。中年男子动情地说:"这些小棍子,是我爸爸每次进城带山货时用来作扁担用的,每根小棍子都凝聚着他对我的无限真情啊!你们说,这些小棍子难道不是宝贝吗?"

中年男子的话让大家感到是那么真情意切。就在这时,柳婶突然突然发现收废品的大爷不见了,地上放着两百元钱和一张纸条,上面写着弯弯扭扭的几个大字:"我也是一个父亲。"

偷青菜的邻居

赵晓华好不容易把家安在了县城,虽然房子不大,可他最开心的是旁边有块十多平方米的小菜地。这块小菜地,是开发商遗留下来的边角料,原来准备进行绿化,可一看到赵晓华在四周种了几颗常青树,也乐得省几个钱。开发商撤走后,赵晓华在绿树中间种起了青菜,渐渐地,这块小菜地成了他家的小菜园,一年四季都是绿油油的青菜。

这天中午,赵晓华的妻子阿娟突然喊了起来,说菜地上的青菜被偷了。赵晓华急忙赶过去,果然,地里的青菜少了。赵晓华觉得奇怪,现在蔬菜市场上的青菜几毛钱一斤,干吗要偷青菜呢?赵晓华对妻子说,也许是捡垃圾的顺手牵羊拿了,再说,青菜也不值几个钱。

谁知第二天,赵晓华的妻子又说青菜少了。这一下,赵晓华也有点恼火。阿娟气得骂街,可想想也没办法,说干脆洒上农药把偷菜的人毒死算了。赵晓华一听,灵机一动,找了块小木牌,上面写着"菜里有毒,不能食用"的字样,插在小菜地里。

赵晓华自以为这招可以吓走偷菜的人,可过了一天,青菜又少了。这让他感到莫名其妙。为了让小菜园不受损失,赵晓华决定守候几天,抓住这个偷菜的人。为此,赵晓华特意到单位里请了几天假,然后,像往常一样准时出门上班,又偷偷地潜回家,在二楼监视那块小菜地。

一天过去了,小菜地里没动静。第二天,快到中午的时候,赵晓华看到一个中年人来到小菜地边,他朝四周看了看,然后蹲下来,很快开始拔菜。他急忙悄悄地下楼,猛地打开门,大喝一声:"别动。"

中年人想不到赵晓华会突然出现,手里的青菜一下子掉在地上,怔了一会儿,他才满脸尴尬地说:"对不起。"

"你这个偷菜的,为什么要偷几棵青菜呢?"赵晓华气愤地骂着。

"我,我是你的邻居张大雷。"中年人脸色涨得通红,讷讷地说。中年人一开口,赵晓华这才觉得这个人确实好几次见过面,与他相邻的人家后门还开着。这一下,轮到赵晓华惊奇了。赵晓华告诉中年人,既然是邻居,想吃青菜就说一声,不必这么偷偷摸摸的。

张大雷给赵晓华递了一支烟,拿出打火机帮赵晓华点好,才说起拿青菜的原因。张大雷告诉赵晓华,他是不久前才买下这房子的,乔迁那天,他来请赵晓华吃饭,可刚好碰到赵晓华两口子外出休假。后来,他向赵晓华打招呼,见赵晓华没什么热情,也就顺其自然了。前几天,他的母亲来到城里,虽然看到大街小巷热热闹闹,可一回家,却是整天只能紧闭家门,没几天就病倒了。那天中午,他母亲说想吃面条,他就来赵晓华家菜地想拿几棵青菜下面,喊了几声,找不到人,就自己拿了几棵小青菜。谁知母亲吃了那几棵青菜,说这菜特别好吃。第二天,张大雷特地到菜市场买了一大把青菜,母亲一吃,连连摇头,说这菜涩,没味道,没吃几口就把筷子搁下了。

张大雷偷偷地拿了菜,就听到赵晓华的妻子大呼小叫,再也不敢上门来讨。可他母亲一定要吃这青菜,他只好趁他们不在的时候偷偷地拿一点。

赵晓华指着那块"菜里有毒,不能食用"的牌子问:"难道你不怕中毒吗?"张大雷憨厚地笑了笑说:"这小青菜你们自己天天在吃,我还怕你们洒上农药?再说,你们也不可能因为少了几棵菜而用上农药,无非是吓唬人的。"说着,张大雷擦了擦手,从口袋里拿出一百元钱递给赵晓华,说:"亲帮亲,邻帮邻,这菜你卖给我。"

赵晓华没接张大雷的钱,问:"你娘真的很喜欢我们的青菜吗?"

"是呀。"张大雷说着把赵晓华拉到他家,椅子上果然坐着一位神情慈祥的老妇人,赵晓华问老人家为什么喜欢那青菜,老人告诉赵晓华说,赵晓华种的那青菜,就像她在山里种出来的一样,吃起来带着甜味儿。老人还说:"这菜好吃,也只是一个方面,还有一个方面,城里人隔墙如隔山,我让大雷经常去你家拿青菜,就是让他和你们多交往交往啊。"

老人的话让赵晓华感到很震惊和惭愧。当天晚上,他和妻子就走访了许多邻居,把邻居的电话号码制成一张联系卡。第二天中午,当张大雷拿着一大盘炒得油亮的板栗送给赵晓华时,赵晓华把那张小小的联系卡交给了张大雷。吃着飘香的栗子,两家人都不觉想起了农村老家那浓郁的乡情。

半个麦饼

我在浦江县城开着一家麦饼店,这天下午,店里来了位常客——一家房地产开发公司的老总,他要了两个麦饼和一碗稀饭。这时,店里进来一个小女孩,走到那老总身旁说:"叔叔,您能给我两块钱吗?"

这不是要饭吗?我想把小女孩赶走。

老总朝我摆摆手,问小女孩:"小姑娘,你为什么要讨两块钱?"

"叔叔,我饿!"小女孩回答着,眼睛却盯着桌子上的麦饼。

老总把一个麦饼往小女孩面前一推,说:"这个麦饼你吃吧。"

小女孩说声谢谢就吃起了起来。可没啃两口就停了下来,说:"叔叔,这半个麦饼我能带走吗?"

老总迟疑了一下,问:"小姑娘,你是一个人吗?"

小女孩咬着嘴唇点了点头。

"既然是你一个人,你为什么要把半个麦饼带走呢?"

"我,我想留着晚上吃。"小女孩低声回答。

老总继续问小女孩:"小姑娘,你爸爸妈妈呢?"

这一问,小女孩的眼睛里突然掉下了两颗泪珠,她哭了。我从她断断续续的讲述中知道了一些事情:她妈妈前不久生病去世了,爸爸带着她在城市里打工,可几天前,负责她爸爸工地的老板跑了。她只能跟着爸爸在城里流浪。

"你要把半个麦饼带回去给你爸爸吃,对吧?"老总看到小女孩点头,说,"你把你爸爸找回来,我请你们吃晚饭,明天就让他到我的公司去上班。"

"真的?!"小女孩高兴得一下子跳起来跑出门去。

我问老总:"你为什么要关爱她?"

老总说:"饥饿想讨吃这是人的本能,而小女孩能把讨来的半个麦饼留给亲人,就是这份亲情让我感动。而我相信,能教出这样的女儿,她爸爸一定会是个讲情义、有责任感的父亲。"

两书包亲情

黄天明是个记者,这天早上,他看到一个鬓发斑白的老太太,肩膀上背着两只沉甸甸的书包,看上去步履艰难,而旁边是两个模样差不多的孩子,蹦蹦跳跳地边走边笑。

黄天明走过去对老太太说:"大妈,我帮你背书包吧。"老太太笑着说:"小伙子,我背得动。"黄天明的善意举动,让老太太打开了话匣子。老太太告诉黄天明,这两个孩子是她的双胞胎孙子,孩子的爸妈都要上班,她每天的事情就是接送这两个孩子。

黄天明问老太太为什么不让孩子自己背书包。老太太笑着说:"孩子还小,正是长身体的时候,怎么能让他们背这么重的书包呢。"

听着老太太的话,黄天明觉得这两个孩子真是太不懂事了,书包虽然比较重,可孩子也不至于背不动啊。让老人背那么重的书包,自己却心安理得地享受,这样的孩子迟早要出问题。想到这里,黄天明心中一动,悄悄地拍了几张照片。

第二天,黄天明以《沉重的书包》为题在报纸上发表了一组新闻照片,欢快的孩子与背着沉重书包的老太太形成了鲜明的对比。

这组照片发表后,很多人打来热线电话,有的说现在的孩子娇生惯养,一点也不知道尊敬老人;有的说,年轻的家长要加强对孩子的敬老教育。更多的读者则认为要寻找深层次的原因,把教育孩子的问题提到了如何培养好下一代的高度。

就在黄天明为拍到这样的热点题材高兴的时候,背书包的老太太来到了报社,气冲冲地责问黄天明为什么要拍那些照片。黄天明解释说只是想帮助她,让她解除书包的重负,让孩子自己背书包。

老太太一听,却放声大哭起来。老太太边哭边说,她是个山里人,儿子在城里安了家,不放心她一个人在老家,就接她来城里住。可她到城里后,才感到与山里大不一样。出门是车水马龙,儿子总要关照她注意安全;小区的人见了她,没有一个人向她打招呼;她像一只被关进牢笼的小鸟,只能整天待在家里。没住几天,她就受不了寂寞,执意要回乡下老家。就在离去的头天晚上,两个孙子来到她面前,说书包太重了背不动,再三恳求让她留下来帮他们背书包。给孩子背书包、接送孩子上学放学后,她觉得有事可做了,住在儿子家里也安心了。老太太说:"我原以为孩子是真的背不动书包,可有一次,我偶然听到了两个孙子的悄悄话,他们说让我背书包就是想把我留在城里……"

听完老太太的话,黄天明一下子愣住了,他想不到这沉重的书包后面,竟然会包含着孩子挽留奶奶的爱心和亲情。他诚挚地向老太太道了歉,并在第二天的晚报上发表了《爱的书包》的通讯。

《爱的书包》再次引起了读者的关注,也让黄天明明白了一个道理:生活就是这样,表面的寒冷,始终挡不住蕴藏在心底的温暖。

还给妈妈的三个吻

刘天浩是县电视台"真情实意"栏目的记者,这天,他正在创作一部夫妻情感纠纷的专题片,电话突然响了起来。刘天浩拿起话筒,对方却迟迟没有说话,就在刘天浩想挂电话时,一个女人的声音传了过来:"刘记者,我想请你帮个忙,让女儿还我三个吻。"

让女儿还三个吻?这奇怪的要求,一下子勾起了刘天浩的采访欲望。话筒那边的女人说,她是九里湾村的柳群芳,有个女儿叫杨月英,已经三年没有回家了。女人边哭边说:"儿大不由娘,做父母的也不能对他们怎么样,我就想让她还给我三个吻。"从女人凄楚的话语中,刘天浩仿佛看到一个农村老人的绝望神情,他当即决定前往采访。

两个小时后,刘天浩来到了九里湾村柳群芳家。这是一幢低矮的两层楼房,推开门,一股刺鼻的中药味扑面而来。看到刘天浩,柳群芳颤抖着捧出一个梳妆盒,从里面拿出一沓照片,她细心地抽出一张递给刘天浩,刘天浩一看,照片上一位母亲在轻轻地吻着婴儿的脸。还没等刘天浩看完,老太太递过来第二张照片,大樟树下,一位母亲正低头吻着一个小姑娘。第三张照片上,一个中年妇女正弯腰轻轻地吻着一位躺在病床上的姑娘。

刘天浩反复看着那几张照片,却看不出什么秘密,就在刘天浩疑惑不解时,柳群芳说:"这是我让女儿还的三个吻。"

柳群芳说,第一张照片是她女儿出生后拍摄的,女儿一出生,她给了女儿第一个吻。第二张照片是她送女儿去读小学的时候在村口的大樟树下拍的。第三张照片是她女儿生病住院时拍下的。每当看到这些温馨的照片,她就会情不自禁地回忆起与女儿在一起的美好时光。

柳群芳告诉刘天浩,她原本有个幸福美满的家庭,丈夫在学校里教书,女儿杨月英伶俐乖巧。谁知天有不测风云,几年前的一次山洪暴发,丈夫担心住在学校里的几个学生,就冒雨赶往学校,结果在路上出了车祸。丈夫去世不久,女儿在体检中被查出尿毒症,面对困境,柳群芳自己为女儿捐肾,用丈夫的赔偿款替女儿做了手术。好在女儿的手术很成功,这让柳群芳对生活感到还有一分希望。杨月英大学毕业后,在省城找到了工作,开头几年是在节假日回家几趟,还经常寄钱回家。可不知什么原因,三年前,女儿渐渐没了音信,打电话也联系不上,家中只剩下她孤零零的一个人。柳群芳说:"我也不求她给我多少回报,就希望她能常回家看看。"

听完柳群芳的话,刘天浩明白了。柳群芳让女儿还她三个吻,就是想通过电视台为她找到女儿。回城后,刘天浩根据柳群芳的讲述,创作了新闻故事《还给妈妈三个吻》,在县电视台播出。

《还给妈妈三个吻》播出后引起了很大反响,很多观众给刘天浩打电话,表达他们对柳群芳的关切之情,对杨月英的行为给予了谴责。没多久,市省电视台先后转播了这个节目。刘天浩也在等待着:按照常理,当事人看到节目后,肯定要同电视台联系,可不知什么原因,杨月英却一点消息也没有。刘天浩想,杨月英难道已经不在省城工作了？还是发生了什么意外？

不知不觉过了半个月，就在刘天浩感到失望的时候，杨月英来了电话，说想见见刘天浩。第二天，刘天浩来到省城，按照杨月英给的地址，在拆迁老城区一间低矮的出租房里，刘天浩见到了脸色苍白，神色憔悴的杨月英。

刘天浩对杨月英说，她妈妈找到电视台，想让她归还三个吻。刘天浩说："作为记者，我很同情你母亲，因为你的做法确实有违常理。特别是《还给妈妈三个吻》播出后，你为什么还是无动于衷？"

杨月英听了却冷冷地说："这是我们的家事。"

听着杨月英话中有话，刘天浩说："你母亲让你归还三个吻，在很多观众看来，这第一个吻，是你母亲给了你生命；第二个吻是你母亲培养了你；第三个吻是你母亲给了你第二次生命啊！"

听了刘天浩满含深情的话，杨月英不自觉地低下了头，沉思了好久，她抬起头说："让我还给她三个吻也可以，但我有个条件。"

刘天浩问是什么条件，杨月英指着左手手臂上的玉镯说："你转告我妈妈，如果能告诉我这只手镯的秘密，我就还给她三个吻。"

刘天浩问杨月英这玉镯有什么秘密，杨月英说，有一次她听一位过路的郎中说，她戴的手镯叫蚕丝手镯，制作时成双成对，肯定还有配对的另一只。为了这事，杨月英多次问过母亲，可就是没问出什么。

刘天浩还想多了解情况，可杨月英却再也没说什么，刘天浩只好告辞。

刘天浩再次去了九里湾,把杨月英的条件告诉柳群芳,柳群芳伤心地说:"我从不知道这只手镯有什么秘密。她硬让我说秘密,这不是存心不还那三个吻吗?"

听着柳群芳凄楚的话语,刘天浩在柳群芳耳边悄悄地说了几句,柳群芳听着点了点头。

三天以后,在刘天浩的牵线下,柳群芳和杨月英都来到了县电视台演播大厅。走进演播大厅时,杨月英的脸上蒙着一块丝巾。看到女儿,柳群芳激动地站起来,可杨月英却径自走向了另一个位置。

面对摄像机的镜头,柳群芳声情并茂地说起自己关爱女儿的许多往事,还有她目前孤独冷落的境遇,柳群芳最后说:"我不求女儿为我做什么,只是希望她能还给我三个吻。"

"那你把蚕丝手镯的秘密告诉我。"杨月英的口气依然十分冷漠。

"月英,那手镯真的没有什么秘密。"刘天浩说:"你母亲为了见你,人都快崩溃了。"

"那我走——"杨月英一下子站了起来。

"月英,妈妈理解你,我想你不回家肯定有什么困难。"柳群芳说着就向杨月英走了过去。看到母亲向她走来,杨月英竟然连退了几步说:"妈,你别逼我了。你还记得九爷吗?我不想让你成为第二个九爷啊。"

说起九爷,柳群芳的身体颤了颤。三年前,他有个孙子外出闯荡后染上了艾滋病,村里没有人肯收留他,是九爷留下了他,从那以后,村里人都对九爷敬而远之,九爷没多久就离开了人世。柳群芳说:"月英,你也生了这种绝症?"

杨月英点了点头,才说出了事情的真相。原来杨月英参加工作后,为了生意上的事,她经常要陪客人应酬。在一次应酬过后她失身了,由于怕影响声誉,她也没有报案。谁知没多久,她就感到身体不舒服,化验后发现自己竟然感染了艾滋病。虽然从报纸电视中,她了解到,与艾滋病人一起吃饭、握手不会产生传染。但是,农村人的老观念还是像回避瘟疫一样惧怕艾滋病人。她想,如果自己回到村里,那将会带给母亲更大的伤害。所以她选择了逃避。当她得知母亲让自己还三个吻后,杨月英又想出了让母亲告知蚕丝手镯秘密这个条件,为的就是想不与母亲见面。杨月英哭着说:"妈妈,我是不想再伤害你啊。"

杨月英的话让在场的人都感到震惊。就在杨月英去擦眼泪的时候,柳群芳几步走到女儿身边,紧紧搂住女儿说:"这样的磨难让你一个人承担,这太不公平了。再说,科学早已经证明,与艾滋病人一起进行日常生活不会传染。今后,让我和你一起去面对前面的困难。"

"还妈妈一个吻,吻干她那炽热的泪珠,安抚她那孤独的心……"看着紧紧拥抱在一起母女俩,刘天浩和在场的人都再也忍不住眼中的泪水……

茉莉的愿望

我是个驴友，经常喜欢到一些原生态的山区去旅行，一来放松心情；二来找点灵感，拍摄一些摄影作品。说实话，拍出好作品确实太难了。

这天傍晚，我和好友燕子到达石崖顶的时候，居然看到高大的岩石下耸立着两间老房子，袅袅炊烟从房顶飘荡出来。我们非常开心，在山林里整整穿行了一天，有了房子，今晚可以不露宿山野了。

我上前敲门，开门的是个小女孩，忽闪着一双大眼睛。一个老人迈着蹒跚的脚步走过来。我赶忙向老人表达了想借宿的想法，并表示可以付一定的报酬。老人想了想说："付报酬就不必了，你们帮我孙女实现一个愿望吧。"

等我和燕子洗漱完后，破旧的小方桌上已经摆好了饭菜。一碗腊肉，一碗草菇，一碗萝卜丝，还有一碗咸菜汤。老人说："山野农家，没什么菜，随便吃点吧！"我和燕子却吃得津津有味。一会儿，燕子就和小姑娘玩熟了，我知道小姑娘名叫茉莉。

吃完晚饭，我把燕子拉到一边，让她别玩手机和电脑游戏。燕子问为什么，我说："我们不是答应帮助小姑娘实现一个愿望吗？假如她想要电脑和手机，那不就亏大了。"燕子说："这怕什么，大不了花点钱，再说，没有电脑和手机，这漫漫长夜没法过呢。"话说到这份上,我也不好再多说。

果然,燕子一打开电脑,茉莉就被深深地吸引住了。看着电脑里精彩的画面和新奇的事物,茉莉不停地问这问那。趁着燕子玩得开心,我和老人攀谈起来。从老人口中,我知道了一些情况:老人的儿子前几年在煤矿打工出了事故,被埋在了矿井下。媳妇没多久也离家出走了。他和孙女俩人生活在一起,种点山货,养着几只山羊。孙女已经在读二年级了,平时,她也帮忙放羊呢。

老人的话让我对茉莉这个懂事的女孩产生了一种好感,她确实是一个需要帮助的孩子,我应该尽力去帮助她实现自己的梦想。

第二天早晨,我把茉莉叫到跟前:"茉莉,我答应过你爷爷,要帮你实现一个愿望。你仔细考虑一下,只要你提出来,我一定想办法帮助你完成。"

"叔叔,只有一个吗?"茉莉眨着她那双美丽的大眼睛,看着我。

我点了点头。说真的,昨晚我和燕子说了很多,我们都愿意帮助茉莉。但是,我不知道她究竟会提出什么愿望。

茉莉看着我,咬着嘴唇。突然,她似乎下了决心,说:"我想要——一包味精。"

"一包味精?!"我一下子惊呆了。难道这就是一个山区孩子的愿望?看我疑惑不解的样子,茉莉说:"叔叔,我就是想要一包味精。"

"为什么?"我不解地问。

茉莉平静地回答说:"听说菜里面加了味精后非常好吃,所以,我想要一包味精,我想让爷爷吃最好吃的菜。"

燕子一把搂住了茉莉，我看到燕子的脸颊上霎时挂满了泪水。

我明白了：一个愿望，对一个山区孩子来说，可以有很多很多的选择，如上学读书、购买电脑、去外地旅游等等，但是茉莉选择的是爱——让爷爷吃最好吃的菜，这个小小的愿望里，包含了她对爷爷无穷无尽的爱。

告别这对爷孙的时候，我悄悄在老人的枕头底下塞了一千元钱。我也把这个故事带出了深山，我想，我会继续去帮助茉莉。

法外之情

梁春华决定去家访，是因为见到了李大壮。梁春华是县看守所的一位警察，李大壮是一位刚进看守所的犯罪嫌疑人。

在梁春华眼中，李大壮一点也不壮，身高不到一米六，耷拉着脑袋，左腿还有点瘸，一拐一拐地走到梁春华对面的凳子上坐下。

梁春华看了看材料：李大壮是因为纵火被刑事拘留的。梁春华有点不解：眼前这个人，看上去三扁担也打不出一个响屁，是什么仇恨让他如此心生恶念？

询问很简单，李大壮像竹筒倒豆子似的。梁春华很快掌握了事情的经过：李大壮向哥哥李大实借钱，李大实说没钱。借着酒气，李大壮抱起一捆柴火，放到大实的房子里，用打火机点燃了。好在有围观的村民，火势很快被扑灭。村民报警后，李大壮束手就擒。

"你借钱干什么?"梁春华问。

"给娘看病。"李大壮依然耷拉着脑袋。

梁春华心中一动:"你娘有什么病?"

"我娘眼睛不好。"李大壮猛然抬起头,恳求道,"警察同志,明天上午你能放了我吗?"

法盲。梁春华心里这样想着,脸上却不露一丝痕迹。

"警察同志,家里真的很需要我。你一定要帮帮我,早点把我放了。"李大壮的眼神中充满着恳求。

就是李大壮那无助无奈的眼神,让梁春华决定去李大壮家中看看。

第二天上午,梁春华来到了九里湾——李大壮的老家。在村民的指引下,梁春华推开了那扇破旧的木门。

"是壮儿回来了吗? 壮儿,你怎么这么不懂事呢。杀人放火,那可是要坐牢的呀。"听到开门的"吱呀"声,一个老太太颤巍巍地迎上来,话语中充满了悲切。

"大娘,我是大壮的朋友,听说他放火被警察抓走了,来看看有什么需要帮助。"看到老奶奶眼睛不好,梁春华撒了个谎。

"唉——"老太太叹了口气说,"我有两个儿子,大的忠厚木讷,小时候生病没钱治疗,脑子有时候不太正常。这大壮呢,前些年骑三轮车摔了一跤,把腿摔瘸了。"

老太太的话让梁春华心中一酸:这样的家庭,假如李大壮再去坐牢,那日子可怎么过呢?!

"大兄弟,你可一定要救救大壮啊,让他早点回来。"老太太拉着梁春华的手久久不愿松开。

梁春华从口袋中掏出一千元钱,递给老太太。梁春华昨天刚发了工资,先给老太太救个急。

在所里,梁春华拿出通讯录,把所有的朋友都想了个遍,才想到胡镇雄律师,他拨通了胡镇雄的电话。

"又遇到难事了吧。你这家伙,从来都是无事不登三宝殿啊。"电话那边的胡镇雄哈哈大笑。

"镇雄,问个事。"梁春华把李大壮的事情说了,问,"李大壮这样的情况会怎样处理?"

"李大壮犯的是放火罪,虽然没有造成重大损失,但也要依法给予惩处。"

"可李大壮的母亲眼睛瞎了,他哥哥脑子有毛病。李大壮坐牢了,他们一家人的生活怎么办呢?"梁春华真的急了。

"法是法,情归情,我们不能以情代法。"胡镇雄的语气依然是冷酷的。

"那有没有变通的办法?"梁春华问。

"没有。"胡镇雄的口气依然很硬。"不过,假如能够取得受害者的谅解,法院在量刑时会进行考虑。"

第二天,梁春华再次去了九里湾,得知法院会考虑受害者的谅解,大壮的母亲老泪纵横,连声说:"您帮我写,我儿子肯定是喝酒闹的,我原谅他,不怪他。"李大壮的哥哥也赶了过来,说:"平时弟弟对我很好的,只要他能回家,我也不怪他。"

写好谅解书,老太太和李大实都在上面按了手印。

三个月后,法院对李大壮纵火案件进行了审判,考虑到没有造成重大损失,而且已经取得受害人的谅解,法院判处李大壮三年有期徒刑,缓刑五年。

送李大壮回家那天,阳光灿烂。李大壮一定要给梁春华下跪,梁春华坚决不让,说:"做人不仅要守法,还要有尊严。男儿膝下有黄金,相信你一定能挺过这关;有困难来找我。"那一刻,李大壮泪流满面。

梁春华递给李大壮一张警民联系卡,告诫大壮要好好改造。李大壮点头答应了,走在回家的路上,他觉得阳光分外灿烂。

永不失效的承诺

这天上午,县政府大院前来了一对母子,母亲已是满头白发,儿子看上去才二十多岁,一副怯生生的样子。保安人员连忙上前招呼,那女人说来找副县长杨晓泉。保安人员问:有预约吗?那女人说杨晓泉答应过,只要他在,随时可以找他。就在这时候,一辆轿车停了下来,车上走下一位中年男人,他就是副县长杨晓泉。只见杨晓泉走到那对母子旁:"你们来了怎么不先打个电话呢?我可以去接你们啊。"说着把母子俩带到了办公室,又是让座又是泡茶,显得十分热情。

杨晓泉待那女人坐下来,问:"吴嫂,今天什么风把您吹来了?"

那个叫吴嫂的女人喝了口茶,说:"我是无事不登三宝殿,你不会忘了当初的承诺吧。"

杨晓泉笑了笑:"只要我活着,那承诺一辈子都有效。"

吴嫂紧皱的眉头松开了："我来就为一件事,请你帮孩子找工作。我也没有别的要求,只要他能留在县城就行。"

杨晓泉看了看吴嫂身边的孩子,翻阅了母女俩带来的档案资料,沉思了一会儿后说:"行,这件事就交给我了。"杨晓泉拿出自己的食堂饭卡,让秘书陪母子俩去食堂吃饭,自己才忙其他事去了。

一对普通的农家母子造访,怎么会让杨晓泉副县长这么热情呢?说来话长。这对母子是偏僻山区桃花岭脚村人,女人叫柳晓莲,村里人都叫她吴嫂。杨晓泉刚参加工作的时候,就驻村桃花岭脚。柳晓莲的丈夫吴大伟是村委会主任,杨晓泉到村里的时候经常落脚在柳晓莲家。桃花岭脚有个地质灾害点,那里有三户人家,房子后面的山坡出现了裂缝。遇到刮风下雨,杨晓泉总是担心村民的安全,他和吴大伟一户一户地做工作,让他们离开。有一次,接到暴雨的天气预报后,杨晓泉又去做工作,村民看到天上没有一点云彩,任凭杨晓泉说破嘴皮也不肯撤离。到了半夜时分,突然狂风暴雨大作,杨晓泉和吴大伟赶紧到那三户人家去敲门。敲门,说服,一户又一户,到第三户人家撤离时,杨晓泉让吴大伟先走,吴大伟却说自己熟悉村里的情况,让杨晓泉先撤。就在杨晓泉带领村民撤离时,巨大的塌方轰然而下。那场灾难中,柳晓莲失去了丈夫,而深夜冒雨带领村民撤离的杨晓泉和吴大伟一样成为英雄,没多久就被提拔任用。在离开桃花岭脚那天,杨晓泉特意来到吴大伟坟前,对柳晓莲说:"吴嫂,再多的话也无法表达我对大伟哥的歉意,这里我只想说一句话:你有过不去的坎就来找我。"谁知几年过去了,倔强的柳晓莲却没有一次去找过杨晓泉。今年,儿子吴继文大学毕业了,工作难找,柳晓莲就想到找杨晓泉帮忙。

柳晓莲带着吴继文回到了老家。前几年,懂事的吴继文每次回家看到劳累的母亲,好几次提出要外出打工,都被柳晓莲拒绝了,她告诫儿子:"天无绝人之路,先把书读了,工作的事我会想办法。"果然,这次去县城,杨晓泉的话让她吃了定心丸。

不知不觉过了十多天,杨晓泉那边却连个电话也没有。柳晓莲觉得,现在找工作不容易,可副县长想解决一个人的工作总不会很难,怎么会一点音信也没呢?难道杨晓泉工作忙,把这事忘了?还是没有把这件事放在心上?想到这里,柳晓莲立即拨打了杨晓泉给她的电话号码,对方一听,说工作的事快有眉目了,让吴继文明天去县城。

第二天一大早,吴继文早早赶到了杨晓泉的办公室,杨晓泉对吴继文说:"你学的是旅游专业吧,最近我有个同学想调查农村旅游开发的情况,我觉得你们村里的条件挺不错,你先搞个调研试试。"说着从抽屉里拿出一沓钱:"这是5000元,你先买个电脑,然后回家好好调研。"吴继文买了电脑回到了老家。

回家后,吴继文白天对桃花岭脚和周边村的旅游景点进行了调查,晚上查阅大量的旅游开发资料。看着儿子每天在家里忙忙碌碌,别人家的好多孩子却在城里找到了工作,柳晓莲的心里是一天比一天着急。

不知不觉又过去了半个月,柳晓莲忍不住又拨通了杨晓泉的电话,她的火气终于忍不住爆发出来:"杨副县长,你别当面一套背后一套的,我让你替我儿子找工作,你却让我儿子在山沟沟里瞎折腾,你究竟说话算不算数啊。"电话那边的杨晓泉听了不急不躁:"吴嫂,我答应过的事肯定办到,你放心。说不定我还会帮

你找一份工作呢。"

两个月后,吴继文把调研材料交给了杨晓泉。杨晓泉一看,立即打电话叫来一个中年男子,中年男子边看材料边连声叫好。杨晓泉对吴继文说,这位中年男子是台湾来的投资商,准备投资一亿元在县里开发农家旅游项目。

没多久,经过相关部门的规划论证、环境评估等,桃花岭脚乡村旅游公司成立了,吴继文还被投资商聘请为副总经理。

桃花岭脚乡村旅游开发动工那天,杨晓泉剪彩后把大红的副总经理聘书发给了吴继文。杨晓泉对满脸笑容的柳晓莲说:"帮你儿子找到工作,我的承诺没失信吧。"

看着如火如荼的建设场面和儿子忙碌的身影,柳晓莲笑得更灿烂了:"过去我只想让儿子去城里工作,想不到咱农村还有比城里更广阔的天地呢。"

织毛衣的老太

张伟华居住在江南一座小县城里,下岗以后,买了辆黄包车,蹬起了黄包车。县城小车儿多,他就早出晚归,多挣点钱,维持一家人的生活。

这天中午,张伟华骑着黄包车来到县城大桥路时,天空突然下起了雨,豆大的雨滴随着狂风砸下来。这时候,会有很多人要坐车,既可避雨又能赶路。就在张伟华四处张望寻找客人时,看到桥头旁坐着一个老太太,老太太头上扎着一块毛巾,衣衫破旧,面对突如其来的风雨,好像什么也不在意,两只手依然不停地织着毛衣,雨水顺着她那饱经风霜的脸上往下淌。

张伟华心中一动,一个急刹停下了黄包车,赶紧去搀扶老太太,想让她上黄包车避雨。老人似乎还不愿意,特别是张伟华去拿老太太身边的那只行李袋时,老太太警觉地把行李袋提了起来,紧紧抱在怀里。在张伟华的帮助下,老太太坐上了黄包车,看到老人浑身湿透,想到自己也已经被雨水淋湿,张伟华干脆把老太太载回家中。

到家以后,张伟华的妻子帮着老太太换洗了衣裤,还给她烧了可口的饭菜。吃完饭后,张伟华两口子问老太太情况,老太太的回答口齿不清,而在那只行李袋中却发现了两件崭新的毛衣。就在张伟华为找不到线索发愁时,妻子突然从老太太头上的那块毛巾上,找到了单位名称和电话号码。张伟华赶紧打电话过去,告诉自己捡到老人的事。电话那边愣了好一会儿,才告诉他,他们单位确实有个人家里走丢了一位老人,他赶紧联系看看。不一会儿,对方有人打来电话,边哭边说家中有个老母亲,走丢已经三年了,他说将尽快赶过来。

三天以后,老太太的儿子赶了过来,看到老太太,一下跪倒在地,老太太见到儿子,连忙从行李袋中拿出毛衣,替儿子披上,口齿不清地说:"儿子,我不欠,你的毛衣了——"

老太太的儿子告诉张伟华,他母亲三年前被诊断为癌症,医生让她出院回家休养,告诉他们说最多活不过一年。可老人的精神状态很好,一空下来就编织毛衣,总念叨着还欠儿子一件毛衣。当时,家里人以为老人神志不清,谁知不久老人失踪了。全家找了一年多,都觉得老人不可能活在世上,才放弃了寻找,不知道老人是怎么风餐露宿,流落到千里之外的这个小城。

张伟华说:"那件织不完的毛衣是让你母亲活下来的信念啊,是博大的母爱战胜了困难和疾病。"

老太太的儿子也在张伟华家住了一个晚上,第二天千恩万谢地带着老人走了,临行前再三拿出一些钱要谢谢张伟华一家人,张伟华婉言谢绝了。张伟华说:"我母亲也是七老八十的人了,可对我的爱却像小时候一样,一点没变,是博大的母爱让我收留了老太太。"

邻　　居

亲帮亲,邻帮邻,小时候住在农村,大多数农家的门是不上锁的。家中有事,向一墙之隔的邻居喊叫一声,自然会有人前来帮忙。还有,这家杀猪了,几家要好的,便会分一小碗肥肉、猪血、猪肝组成的菜肴,让人家也打打牙祭。有的人家包了饺子,端上一碗,送给乡邻,那份清香便弥漫在乡村之间。

不知不觉便进了城,租住在城里的几年间,时常是相住对门而不相识。数年打拼积攒,我们也买了房,有好几次,妻子说,我们请邻居吃一顿饭吧。可那些邻居呢,听说要请他们吃饭,总是笑笑后谢绝。我对妻子说,算了吧,人家压根没看上我们。可妻子呢,遇到邻居便打招呼,还郑重其事地留下几个邻居的电话号码。她对我说：远亲不如近邻，遇到急事说不定能派上用场呢。

有一天周末，我和妻子在家休息，隔壁院落里传来哗哗的水声。我打开窗户一看，原来是邻居家太阳能热水器的水满出来了。他们的热水器灌水不是全自动的，水满了也不会自动关上阀门。看到满院子的水，妻子手忙脚乱地给邻居打电话，我笑笑说："你操这心干吗？人家又没让你照看。"妻子说："邻居哩，有事自然得说一声。再说，自来水白白流失也可惜啊。"接到妻子的电话，邻居赶了回来，对妻子连声表示感谢。说是刚才给热水器灌水，突然接到朋友电话，有事让他去一下，情急之下忘记了关上阀门，水就满了出来。

还有一次，我和妻子正在屋顶的小菜园种菜，好好的天气突然乌云翻滚，竟然下起雨来。妻子呢，不是给我拿伞，而是拿出手机连忙拨打电话，原来，妻子看到房前屋后的不少人家还晒着衣物呢。一家一家打通了，妻子才挂上电话。我对妻子说："你像个管家婆了。"妻子说："邻居嘛，有事说一声。"没多久，妻子居然把邻居家的许多手机号码存在我的手机里。我说："你存邻居家的手机号码就行了，多此一举干吗。"妻子说，那也说不准。多留一手总不会错的。

前两天，妻子要去杭州出差，车票是下午一点半的。吃完中饭，我和妻子一起收拾行李。我说："你早点去车站吧。"妻子看了看桌子上的时钟，说："家里到车站，走过去十分钟的路程，莫急。"过了一点钟，我提着行李送妻子去车站，送到车站后，我慢吞吞地往回走，走到半路，手机响了，一看是个陌生的电话。一接，手机里传来妻子急促的声音："老公，我的手机不见了，是不是刚才看短信漏在家里了？"我一听，冷汗都下来了，离开车时间只有十来分钟了,我又是个走路的,回家拿手机送到车站,显然来不及。这时,我想起出门的时候,遇到今天休息的邻居黄师傅,便连忙翻出他的手机号码拨了过去。黄师傅一听,连说没问题,让我赶紧回家拿出手机,他发动车子在我家门口等着。就这样,我以百米冲刺的速度跑回家中,找到手机,坐上黄师傅的车子赶到车站,把手机送到妻子手中。回家途中,妻子发来短信让我向黄师傅表示感谢,并调侃道:这下见识到了,有邻居真是好啊。

回家以后,我把邻居的号码好好梳理了一遍。我想,虽然邻里之间的交往不多,但是,像妻子一样多为他人想一想,当你需要帮助的时候,相信别人也会伸出他们热情的双手。

最响亮的掌声

刘天明是一家"大篷车"歌舞团的节目主持人,为了生活,他们常年在外漂泊,东奔西走到各地演出。

这天,他们来到一个江南小城,在一家半新不旧的剧院里进行演出。刘天明想,门票白天已经全部推销出去了,晚上的演出又可以放松了。说实话,歌舞团经常在这样的环境中演出,演员们不必用心演出,反正把节目演完就算给观众一个交代。

果然,演出开始后,观众的热情并不是很高,掌声也稀稀落落的。但让刘天明感到奇怪的是,每个节目演完后,总有一双手在使劲地拍着巴掌,那掌声听起来分外地清晰响亮。

刘天明悄悄地与灯光师打了招呼,借着灯光,他终于看清楚了使劲拍巴掌的人,那是一位老太太。每个节目结束后,老太太就举起双手,拼命地鼓掌。看着老太太的举动,听着那孤单而响亮的掌声,刘天明心中一动,他觉得哪怕整个剧场只有老太太一个观众,他也要把今晚的节目主持好。于是,他很快调整了心态,开始一丝不苟地主持起节目;同时,刘天明也关照演员要好好地表演。

随着演出的进行,老太太响亮的掌声也感染着周围的观众,观众的掌声渐渐变得越来越多。台下热烈的气氛也感染着刘天明和舞台上的演员,他们的节目也越演越精彩。

演出结束后,观众们依依不舍地开始散去。刘天明看到那位老太太和他身边的一位中年男子正缓缓离座。刘天明急忙赶过去向老人表示谢意,老太太微笑着点了点头。中年人却对刘天明说:"我父母原来也是流浪的演艺人,父亲在台上演出的时候,母亲总是在台下为父亲鼓掌。后来,观看父亲表演的人越来越少,掌声也稀落了,父亲为此郁郁寡欢,生病去世了。但是,我母亲每次观看演出,总是要使劲地鼓掌,她说人要有一颗感恩的心,给别人鼓掌,也是为自己加油。"中年人说完,搀扶着老太太走了。

"给别人鼓掌,也是为自己加油。"看着渐渐远去的母子俩,刘天明的双眼湿润了。他终于明白,拥有感恩的心,哪怕一个人的掌声也可以成就一台最精彩的演出。

朋友的力量

那天，市作家协会的几位朋友邀我参加浙江武义牛头山之旅。早听说牛头山的悬崖栈道惊险无比，还有银索桥、金索桥等跨越悬崖绝壁的天堑，我的心里充满了向往。但是，我却是个恐高的人，平常连爬梯子也很紧张，去的路上，我的心里一直是忐忑不安。

进入景区，我们住在山里农家，泥墙、灰瓦、木楼板，让我们感受到农村老家的温馨与浪漫。枕着阵阵松涛和潺潺流水，那一晚我们都睡得特别香甜。

第二天，我们起了个大早，老天真是作美。蔚蓝的天上，飘着几朵白色的云儿。过金田桥，进入绝情谷门洞，我们就看到一湖碧水，如画的青山倒映湖中，像一幅巨大的水墨画，轻巧的鱼儿在湖里悠闲地荡游着，让整幅画儿变得灵动起来。沿着山谷前行，来到银索桥边。看到悠悠晃动的银索桥，我有点迈不开脚步。特别是看到脚下几十米深的山谷，我有种说不出的紧张。在朋友的鼓励下，我终于一步一步地走过了银索桥。过了七夕桥，山开始陡峭起来，栈道修在悬崖绝壁上，恐高的我只能贴着山体慢慢往上面攀登，有时候眼睛往旁边一扫，头就有点昏。突然，我看到前面出现了一座天桥，飞架在两座山峰之间。朋友说，这就是金索桥，等会儿，我们过了金索桥，就能登上人间仙境天师峰了。

"要过那座桥?"我的脑海中突然一片空白,看着那高高悬挂在天上的天桥,我觉得这是对我自身极限的挑战。

这时候,我看到悬崖边的石凳上坐着几位游客,他们正在说不准备上山了。我仿佛见到救命稻草似的,对朋友说:"你们上山吧,反正下山要经过七夕桥那里,我就在那里等你们。"

"不行。"几位朋友劝慰我。一位朋友说:"如果你真的过不了金索桥,你就闭上眼睛,我背着你过桥。"

话说到这份上,我只能硬着头皮上山。走到金索桥边,朋友都开始大踏步地往前走,我却始终迈不出脚步。索桥就悬挂在两座山峦之间,走上索桥,满眼青山,可看到脚下的沟壑,我头昏目眩。那位要背我的朋友过来想背我,我拒绝了。说真的,看到许许多多的游客都在桥上来来往往,我一个正常人凭什么过不了桥?我说:"你们在前面走,我跟着。"就这样,我夹在朋友中间,在惊恐、慌乱中走过了天桥。

登上天师峰的时候,我们在山顶上笑得很开心。而对我来说,更觉得不同寻常。牛头山之旅,让我收获的不仅仅是那里绝佳的山水风光,还让我感受到朋友的力量,是朋友的鼓励让我实现了新的跨越——爬上梯子很紧张,但我也可以走过架在天堑上的金索桥。

在生活中,当我们遇到困难的时候,假如畏缩不前,也许我们就无法逾越前进中的障碍。而这时候,有了朋友的力量,也许他们的一点点鼓励,会让你去直面人生的磨难,去迈开新的一步,你就能到达新的一个顶点。相信朋友的力量,相信自己——别人能做到的,你也能够做到!

最美丽的风景

金晓林是县电视台实习记者,这天,他得到一条新闻线索,有位市民出版了一本《光影通济湖》的摄影画册,非常精美。

金晓林很快找到了画册的作者——梅益坚,一个身材矮小的中年男子。得知金晓林要采访,梅益坚递给他一本画册。

金晓林翻开画册,展现在金晓林面前的是一幅幅通济湖风光美景。美丽的通济湖有时候像婀娜多姿的少女,在春风绿柳中清波荡漾,翩翩起舞;有时候像成熟的少妇,在银装素裹中显得端庄秀丽,别有韵味。春花秋景,一草一木,通济湖在梅益坚的镜头下显得特别美丽。

"你怎么会想到拍摄这本画册的?"金晓林问梅益坚。金晓林的老家就在通济湖畔的山坡上,他和湖边生活的村民一样,从未发现过通济湖的美。从看到画册的那一刻起,金晓林心头就产生了一个疑问:一座普通的水库,在一个普通市民的眼里怎么会拥有如此美丽的风景和魅力?

"我是为了儿子才拍这些照片的。"梅益坚回答。

这一下,金晓林心中的疑惑更多了:拍摄通济湖照片跟儿子会有什么关系呢?

梅益坚告诉金晓林,他38岁那年,妻子不幸患病去世,儿子梅小东很不懂事。有一次,梅小东的考试成绩不好,梅益坚劝儿子要好好读书,梅小东说自己也想好好读书,可总是没什么进步。梅益坚说:"读书最关键的是要坚持,每天进步一点点,日积月累,知识多了就会有进步。"梅小东听了冷冷一笑:"坚持?说说容易做起来难,你能做到坚持吗?"儿子的反问让梅益坚感到震惊,他觉得自己应该做一件平凡普通的事,让儿子感受到自己的坚持,让自己成为儿子的榜样。

梅益坚买了一架照相机,他选择了距县城不远的通济湖,工作之余,经常去通济湖,拍摄那里的湖光山水,春夏秋冬,从不间断。有一天下午,天下着大雨,儿子让他不要去了,他却披着雨衣来到通济湖边。到湖边的时候,雨过天晴,他拍到了通济湖水上的彩虹。第二天,当他把那张照片放在儿子面前时,儿子朝他竖起了大拇指。有一张通济湖全景的照片,云雾缭绕,拍得像人间仙境。他儿子看了很惊奇,说是怎么拍出那么好的照片。于是,在一个假日,他让儿子凌晨3点钟就起了床,儿子跟着他跋涉了两个多小时,爬到附近一座山岗的顶峰,看到了照片中的美景。

一天又一天,一年又一年,他的照片越拍越美,儿子也在潜移默化中感受到了他的坚持。梅小东被父亲的数万张照片感动了,学习也用心了,最后以优异的成绩考上了北京的一所名牌大学。

"儿子考上大学,你可以松口气了吧?"金晓林问。

梅益坚回答说:"送走儿子后,我却发现自己再也离不开美丽的通济湖了。"梅益坚说,每次去通济湖,他都能够发现这里的美,于是,他总是忍不住拿起手中的照相机,把这些美景拍摄下来。梅益坚说:"我从一座普通的水库里收获到了人生最美丽的风景,出版这本画册,我想让更多的人明白一个道理:拥有坚持,每个人都能收获人生最美丽的风景。"

拥有坚持，每个人都能收获人生最美丽的风景。梅益坚的话让金晓林为之一震：在电视台实习，选题、采访、撰稿，他遇到了很多困难，心情很是郁闷。《光影通济湖》这本画册也让他感受到坚持的力量。他想：哪怕前进的路上充满荆棘，他一定坚持地朝前走，去实现自己的人生梦想。

第三辑

短缺一厘米的爱情

为爱打折

李晓莲下岗以后,在县城幸福路开了家婚纱店,转眼间半个月过去了,婚纱一件也没有卖掉。正当她心急火燎时,一位身材高大、穿着朴素的年轻人来到了店里。

年轻人看完了店里挂着的所有婚纱,想了好一会儿,才指着临近店门口的一件婚纱说:"老板娘,那件婚纱要多少钱?"这是店里质地最差的一件婚纱,价格是658元,可以打个九折。年轻人摇摇头失望地离开了。第二天中午,年轻人又来到店里,看到他诚心想买,又是第一桩生意,李晓莲咬咬牙给了六折的价格,年轻人还是没有买。

第三天傍晚,正当李晓莲准备关店门时,那位年轻人又来了,他神情专注地看着那件洁白的婚纱,突然开始讨价还价:"老板娘,价格能再低点吧?"看着年轻人,李晓莲突然有种奇怪的想法,年轻人迫切想买这件婚纱,一定有什么原因。李晓莲告诉年轻人,如果能说出让她心动的理由,价格再低也卖。

在年轻人的娓娓诉说中,李晓莲了解到,与年轻人相爱多年的女朋友一年前被查出患有绝症,为了帮助女朋友治病,他花光了所有的积蓄,并与父母断绝了关系。但是,无情的病魔随时可能夺去他女朋友的生命。他女朋友的最后愿望是穿上婚纱做他的新娘。于是,他想用最后借到的300元钱,买一件婚纱,和女朋友举行婚礼。

听着年轻人的讲述,李晓莲被深深地感动了。其实,她自己年轻时也曾多少次梦想穿上美丽的婚纱,渴望做一回世上最美丽的新娘,但是,家境的困难让她最终放弃了美丽的梦想。如今,听到身患绝症的姑娘竟然有这么痴情的小伙子相伴,李晓莲立刻收下了300元钱,把店里最昂贵漂亮的一件紫罗兰婚纱卖给了年轻人,她要让那位姑娘成为世上最美丽的新娘。

不久,李晓莲听说县城举行了一场盛大的婚礼,人们纷纷赞美那位穿着紫罗兰婚纱的新娘。店里的紫罗兰婚纱也渐渐走俏起来。这天,李晓莲正在招呼顾客,店里进来一对年轻人,男的英俊潇洒,女的端庄美丽。仔细一看,男的竟是用300元钱买走紫罗兰婚纱的年轻人。正当李晓莲惊愕时,年轻人落落大方地说:"老板娘,我用爱心故事买走了你店里最好的婚纱,也是我最成功的一次砍价。"年轻人告诉李晓莲,婚纱店开业那天,他和女朋友刚好路过,女朋友说要最后一次考考他的能力,如果能用300元钱买走店里最好的一件婚纱,她就嫁给他。

听着年轻人的话,李晓莲有种被欺骗的感觉。这时,年轻人拿出一张支票递给李晓莲,说他的公司即将举办集体婚礼,今天特地来订购20套紫罗兰婚纱。看着幸福的年轻人,李晓莲也甜甜地笑了。

最幸福的妻子

爱丽丝是约克镇上一位普通的市民,她坎坷的命运让她觉得生活糟透了。她和丈夫布朗十年前来到镇上,买了间旧房子。她到一家袜厂当了织袜女工,爱好文学的布朗为几家报刊和杂志写稿,正当她们追求更美好生活的时候,意外发生了,布朗在一次外出采访中遭遇车祸,造成严重伤残。医生说,除非有奇迹发生,否则,布朗会永远瘫痪在床。从此,爱丽丝既要上班,又要照顾卧病在床的丈夫,生活过得十分艰苦。开始的时候,布朗再三让她离婚,还偷偷地拒绝吃药,但爱丽丝非常坚决地拒绝了,她相信,爱会让世界发生奇迹,既然上帝给了她一个伤残的丈夫,也一定会给她生活的希望。

不知不觉过去了十年,漂亮美丽的爱丽丝终于失去了往年的风韵,她柔嫩的双手变得粗糙不堪,脸庞刻上了岁月风霜的皱纹。望着躺在床上的丈夫,她在回味过去岁月究竟值不值得的同时,更不敢想象明天的苦难生活。

这天,爱丽丝下班回家,看到门缝里丢着一封信,信是约克电视台寄来的,说为了丰富市民的业余生活,电视台将举办一次"谁是最幸福的妻子"评选活动,全镇入选的市民有二十位,爱丽丝以十年照顾患病丈夫的事迹成功入选,电视台邀请她夫妻俩参加约克镇百年庆典。

爱丽丝看完信,觉得十分可笑,自己无奈相伴身患重病的丈夫,居然能成为最幸福妻子的候选人。可当她把这件事告诉丈夫时,布朗脸上露出了久违的笑意,他对爱丽丝说:"你尽心尽意照顾我这么多年,我一直没有机会向你表示感谢。如果能参加这样的节目,我要在全镇人面前对你说声谢谢。"

约克镇百年庆典这天晚上,约克电视台演艺大厅里灯火辉煌,一台大型的文艺晚会中间,安插着这样一个节目,20位最幸福妻子的候选人站在舞台上,他们的丈夫被蒙上眼睛,一个个上台,通过抚摸双手来辨认自己的妻子。结果,公务员罗拉把一位理发店老板的妻子认成自己的妻子,律师海曼把爱丽丝当成自己的妻子来拥抱。当坐着轮椅的布朗上台时,全场鸦雀无声,只见布朗先是对20个候选人的双手仔细触摸了一遍,然后让推车人把车推到16号选手跟前,再次触摸了选手的左手,一把拉住后大声说:"爱丽丝,我爱你。"

看到布朗通过触摸双手认出自己的妻子,全场一片欢呼。参赛的丈夫一个接着一个,可他们根本没有布朗那样的幸运。整场比赛,只有布朗一人认出自己的妻子,爱丽丝成功当选为约克镇最幸福的妻子。在颁奖时,主持人再三追问布朗凭什么认出妻子,布朗说是凭妻子对他的真爱,这话大家自然不信。可布朗说的爱情故事却让大家深深地震撼了。布朗说,爱丽丝是个织袜女工,那时条件很艰苦,手工织的袜子要洗去油污,因此,不论寒冬还是酷暑,爱丽丝双手总要在油污中泡上几个小时,后来,她的中指指甲受伤破碎了,再也没有治好过。爱丽丝嫁给他后,他每星期都要为妻子修剪指甲。后来,遭遇车祸后,他对妻子的照顾少了,可他依然坚持为妻子修剪指甲,这是他唯一表达对妻子的爱。

因此，当他触摸到中指那残缺的指甲时，他认出了爱丽丝。

听完布朗充满深情的讲述，主持人问布朗有什么心愿需要完成，布朗说："爱丽丝嫁给我的时候，我连订婚戒指也没有送给她，我想送给她一个绿宝石的戒指。"主持人爽快地答应了。当布朗把绿宝石戒指套上爱丽丝那个指甲破碎的中指时，全场又一次响起了热烈的掌声，爱丽丝也沉浸在无比的幸福之中。

回家以后，爱丽丝久久不能入睡，安置好布朗睡下后，她看着那个闪亮的宝石戒指，回想到布朗对她的爱，她又一次沉醉了。可令她想不到的是，布朗在第二天早上却没有醒来，前来急救的医生告诉她，布朗走得很安详，没有一丝痛苦的迹象。

布朗死后，很多报刊、电视台又来到约克镇，对爱丽丝进行采访，破碎指甲的爱情更是让许多年轻人痴迷，爱丽丝很快红遍了全国。不久，一位妻子病死的珠宝商找到爱丽丝，向她表白了爱慕之情，两人不久就结了婚。

爱丽丝的生活过得很幸福美满。三十年后，爱丽丝六十岁生日的那天，她收到了约克电视台送来的鲜花和蛋糕，还有一封信。信是知名导演迈克写的："爱丽丝，希望这封信不会打扰你的正常生活。也许你心中有个永远的谜，当你当选为约克镇最幸福的妻子后，你丈夫布朗怎么会突然离世。其实，这都是你丈夫导演的。那次我去你家采访你的事迹，布朗悄悄跟我说，他已经觉得自己病入膏肓，最放心不下的就是你今后的生活，希望我能想方设法帮助你。我想来想去，终于找出了他为你修剪指甲这感人的细节，并组织那次大赛。当你成为约克镇名人后，布朗终于放心地离去了。其实，你丈夫才是世界上真正的大导演。"

读着迈克的信，爱丽丝又一次泪流满面。爱丽丝用善良和真爱照顾了布朗的一生,布朗用他的智慧为爱丽丝铺设了一条生活的阳光大道。确实,生活就是这样,在布满阴霾的天空,有时候,冲破黑暗的一缕阳光就能改变整个世界。

爱在一碗稀饭

杨佳明在一家建筑公司担任总经理助理。这天,公司召开员工家属座谈会,为了烘托气氛,总经理临时宣布:所有家属都必须发言,然后根据发言情况评选家属之星,奖品是价值两千元的一对情侣戒指。

这下,灯火辉煌的会场里顿时热闹起来。也许是奖品的诱惑,很多员工家属都争先恐后地站起来,抢着要发言。有的说,为了照顾丈夫,自己千方百计从外地调过来,为了丈夫的事业一心一意当好家庭主妇。有的说,丈夫是一棵参天大树,自己是依附在大树上的一根藤蔓,时时刻刻支持丈夫的事业,丈夫在公司里创造的业绩,也有她这个贤内助的一半。公司里果然是人才济济,一个又一个精彩的发言,博得了大家的阵阵掌声。

在大家的欢声笑语中,杨佳明却不时望着坐在对面的妻子,显得特别担心:他妻子是个沉默寡言的人,同他结婚已经二十年了,夫妻之间恩恩爱爱,可是,平平常常的生活有什么值得说呢?杨佳明心中一点也没底。

轮到杨佳明的妻子柳雪梅发言,这位留着短发的中年女人清了清嗓子说："我今天就给大家说说一碗稀饭。"

"一碗稀饭？"这下会场里的人疑惑了。

"是一碗稀饭。"柳雪梅说。结婚没多久，她就了解到，丈夫由于经常奔波在工地上，胃不太好。有一次，她听一位医生说，早餐吃稀饭有利于养胃，她就把每天做一碗稀饭记在脑海里。说起做稀饭，其实也很简单。于是，她总是比丈夫提前起床，做好稀饭等丈夫吃。可没几天，她就发现了问题：丈夫工作比较辛苦，总想在床上多待几分钟，不到时间，哪怕多在床上待一分钟也好。有时候，烧得太早，稀饭在锅里变凉了；烧得太晚，吃稀饭的时候又会烫着嘴巴。怎么办呢，她就边做边慢慢琢磨摸索，丈夫起床的时间几乎精确到分秒；稀饭烧好以后放在锅里的时间，也几乎精确到分秒；还有，随着春夏秋冬四季的不同，天气冷暖，稀饭在锅里的保温时间也不一样，可她居然慢慢地掌握了这些时间，丈夫起床以后，端在手里的那碗稀饭总是不温不热，十分可口。柳雪梅说，为了这碗稀饭，她很少外出，为的是让丈夫端起那碗可口的稀饭。每年三百六十五天，她做了整整二十个年头。

听完柳雪梅的话，会场里静得连根针掉在地上都能听到，柳雪梅那碗简简单单的稀饭，是那样让全场的人为之动容，为之震撼。

就在人们不住赞叹时，杨佳明站了起来，他说出了一个藏在心底的秘密：那碗稀饭拯救了他们的爱。杨佳明说，他从一个普通的建筑工人，一步一步升为项目经理，然后到总经理助理，工作轻松了，待遇高了，思想也出现了变化。十多年前，他旧时的一个恋人经常来找他，陪他吃饭聊天，两个人来往了一阵子，可他每天总要回家吃妻子做的那碗稀饭。有一次，他出差在外地，那女的也赶过来,每天早餐给他买这买那,可不知什么原因,吃完后肚子很不舒服。回家以后,吃了妻子做的稀饭,他的肚子又好了。从那以后,他就下了决心,同那个女的分手了,再也没有一丝牵挂。在后来的生活中,他都想着妻子那碗简简单单的稀饭。

杨佳明说完坦然地看着妻子,柳雪梅也看着丈夫,他们的眼神中仿佛已经读懂了对方的心思。杨佳明不知道,细心的柳雪梅其实早就已经知道丈夫那个秘密,她只是替丈夫保护着,用她的真诚和真心。

不知是谁带头拍响了巴掌,全场响起了长时间雷鸣般的掌声。

公司家属讲的故事一个接着一个,再也没有人的故事能比杨佳明夫妻的那一碗稀饭让人感动。当总经理把情侣戒指套在杨佳明和柳雪梅夫妻手上时,杨佳明感受到从未有过的幸福。这场小小的家属座谈会,让他真切地感觉到:幸福就是这么简单,哪怕仅仅只有一碗稀饭。

婚礼上的空红包

这天上午,江南好大酒店门前张灯结彩,鞭炮阵阵,一场热闹的婚礼正在这里举行。结婚的新人叫陈剑勇和梅春芳,他们是青梅竹马的恋人,穿着结婚礼服的新郎,一身洁白婚纱的新娘,俩人满脸笑容地站在酒店门口,迎接着前来庆贺的亲朋好友。

这会儿，在酒店西南边的一个角落里，蹲着一个年轻人，他脸色憔悴，头发蓬乱，边抽烟边不停地朝酒店门口张望，一只手却藏在裤袋里。他叫杨大明，是陈剑勇的朋友，来喝喜酒的。喝喜酒就进酒店呗，可杨大明却怕进酒店这个大门。因为，他手上那只几乎要被捏出水来的红包里没钱了。

杨大明和陈剑勇是高中同学，陈剑勇考上大学后，杨大明却因为家庭困难，父亲让他去学了手艺。杨大明结婚后，他自己外出打工，妻子在家务农，生活过得幸福甜蜜。谁知去年，正在田里干活的妻子突然昏倒在地，去医院治疗花了好几万钱，却没能治好妻子的病，家里却背了一屁股债。昨天，他好不容易借到两百元钱，准备来喝喜酒，谁知一大早，妻子昏了过去，两百元钱又救急了。杨大明找了几个朋友却没借到一分钱，想想没办法，过去他听说结婚喜宴上有人用空红包骗吃骗喝，他也找了两张与钞票一样大小的红纸，写了几句话，就来到酒店。到了酒店门前，杨大明却一下子傻眼了。原来，新人旁还摆着一张桌子，两个人坐在桌子前，一人开红包，一人登记，新郎收到红包后当即把红包转交给他们。看到这情形，杨大明连忙退了出来，希望能遇到朋友再借点钱，因此就在酒店旁抽起了烟。

眼看进酒店的人越来越少，杨大明的心里也越来越紧张。杨大明平时在外地打工，熟悉的人很少，再想借钱怕是难上加难。就在这时候，一个服务员走过来对杨大明说："你是来喝喜酒的吧，新郎请你过去呢。"杨大明连忙掐灭烟蒂，跟着服务员来到新郎新娘面前，杨大明习惯地抽出手，却把红包带了出来，他一下子愣在那里，陈剑勇接过他手中的红包说："谢谢老同学来捧场。"就在杨大明以为要出丑的时候，只见陈剑勇把红包放进了口袋里,大明这才舒了一口气。

陈剑勇的婚礼是由婚庆公司承办的,婚宴上,主持人的节目一个连着一个,还有不少亲朋好友参与的互动节目,婚宴上不时掀起一阵又一阵的高潮。杨大明吃着宴席,心中却感到很愧疚。旁边的人关切地问他是不是有什么不舒服,他摇了摇头说没事。

就在这时候,人群突然骚动起来,原来新郎新娘在敬酒时,新郎口袋里掉出了一个红包,新娘打开一看,竟然是个空红包,这消息立即在婚宴上传开了。有人说:"这肯定是骗吃骗喝的人干的。"也有人说:"没钱来赶什么热闹啊?明摆着是来贪便宜的。"杨大明听着亲友们的议论,心里火烧火燎的,低着头,说不清心中是什么滋味。

就在这时候,新郎陈剑勇快步走到舞台前,拿起话筒说:"各位亲朋好友,今天是我们大喜的日子,出现这样的事情很让我意外。但是,我要告诉大家,这个红包不是空的,里面装着一颗真诚坦率的心。"

陈剑勇接着说:"这个空红包是我最亲的一位朋友送的。据我了解,这位朋友面对患病多年的妻子,不离不弃,用自己的一腔真情默默地为妻子奉献着一切,这份大爱让很多知情的人为他们感动。"说着,陈剑勇拿出一张钞票大小的红纸读了起来:"剑勇、春芳:今天是你们大喜的日子,千千万万的祝福送给你们。但此刻我最想说的就是一句对不起。一分钱难倒英雄汉,我不是英雄,但送不起礼金却真的让我左右为难。我送上一个空红包,希望你们能看到一颗真诚坦率的心。永远爱你们的朋友杨大明。"

听着那充满真情的祝福,在场的人都忍不住鼓起掌来。说完,陈剑勇拉着梅春芳的手走到杨大明身边,把一个厚厚的红包交到杨大明手里,陈剑勇说,这是他得知大明的情况后,几个要好的同学捐出来的一点心意,过几天,他再联系一下,能让更多的朋友来帮助杨大明。

杨大明看着手里的红包,泪水止不住地流了下来。他终于明白,陈剑勇其实知道他的一切,那个空红包是陈剑勇让别人了解他、帮助他的道具,一个让他感受到温暖的道具。

红绿灯下一盘棋

周伟明是位交通警察,这天上午,他刚一上班,就接到队长的电话,说在城区大桥路与江滨路交叉的红绿灯下,停着一辆三轮车,车旁还有两个人不知在干着什么,过往车辆纷纷避让,十分危险。接完电话,周伟明急忙向事发地点赶去。

城区大桥路和江滨路都是交通要道,这个交叉口过往的车辆和行人很多。当周伟明心急火燎地赶到那里时,果然看到从江滨路转到大桥路的红绿灯下停着一辆破旧的三轮车,一位面孔黝黑的中年汉子盘腿坐在地上,他的前面放着一张牛皮纸,上面摆放着一元、五角、二角的硬币。中年汉子的对面蹲着个中年妇女,手里捏着一枚硬币,仿佛在想着什么。红绿灯下,汽车、摩托车、电动车从俩人身边呼啸着开过,让看到的人捏上一把汗,但他们两个人却是泰然自若,玩着牛皮纸上的硬币。

周伟明快步走到中年汉子前,"啪"地一下敬了一个礼,说:

"师傅,你们在这里太危险了,请赶快离开这地方。"中年汉子好像没有听见周伟明的话,他狠狠地抽了一口那支皱巴巴的香烟,从衣袋里摸出两张百元钞票递给周伟明说:"拿去,罚款我交了,别妨碍我们做事。"

"我不是为罚款来的。"周伟明没有接中年汉子手上的钱,在这样的环境中,他最担心的就是这两个人的人身安全。周伟明想,这俩人既然在牛皮纸上玩硬币,如果把他们的牛皮纸拿走,他们就一定会离开。想到这里,周伟明蹲下身子伸手就去拿那张牛皮纸。

中年汉子看出了周伟明的意图,他用手一挡,厉声说:"你今天要是动一下我的棋盘,我就与你拼命。"

"棋盘?"周伟明一下子愣住了,他仔细地看了看那张牛皮纸,纸上果然画着一副棋盘。周伟明当了二十多年的交通警察,处理的案子不计其数,可去动一下东西就要拼命的人还是第一次碰到。周伟明觉得这里面一定有原因,他走到旁边给队长打电话作了汇报,然后又回到俩人面前。

周伟明在那张牛皮纸前蹲了下来,他这才看清楚是一张毛笔画出来的棋盘,夫妻俩用各种硬币代替棋子,你来我往杀得厉害。不一会儿,周伟明看那中年汉子脸色缓和下来,就和那汉子聊起来。中年汉子说,他们是外来人员,一家人来这里后,给人打工怕拿不到工资,就买了一辆旧三轮车,给人家修补漏水的屋顶。一家人以车为家,风餐露宿,生活还过得去。特别是空余时间,他们和读幼儿园的儿子一起下棋,生活中也充满了欢乐。这张牛皮纸的棋盘就是他儿子画出来的。谁知去年的一天,他们夫妻为了给一户乡下农户修补房子,忘了接孩子,结果儿子在这个红绿灯下出了事故。

"我们这盘棋是为儿子下的呀。"中年汉子哽咽着说,儿子死后,他想带妻子离开这个伤心的地方,但对儿子的思念又让他离不开这里。当走过那段伤心的日子后,他终于明白过来,他要担负起一个男人的责任。所以,他和妻子今天来走这盘棋,一来是纪念儿子,二来是准备开始新的生活。

听着中年汉子的故事,周伟明感到十分震惊。他的妻子也在一次车祸中遇难,他却始终走不出生活的困境。他看着这对在红绿灯下为儿子下最后一盘棋的打工夫妻,心情忽然开朗了不少,人生如棋,遇到困难曲折,无论多么艰难,都要一步一步地走下去。周伟明默默地走到三轮车旁边,指挥起了过往的车辆。

短缺一厘米的爱情

陈天明今年25岁,在一家公司打工,工作勤恳,为人踏实,他唯一的缺点就是身材太矮,身高只有一米五九。别看这小小的缺点,姑娘家最怕这个,谁不喜欢自己的男朋友英俊潇洒?就因为身材矮小,陈天明交过两三个女朋友,都因为这原因给吹了。就在陈天明心灰意冷的时候,朋友介绍他认识了一个名叫柳慧心的姑娘。柳慧心长得身材高挑,不穿高跟鞋,还要比陈天明高出一小截。意外的是,两个人经过几次交往,相互之间渐渐地有了好感。

俗话说,丑媳妇总要见公婆。这天,陈天明忐忑不安地带着礼品来到柳慧心家。柳慧心的父亲围着陈天明转了两圈,然后又详细地问了陈天明的工作情况。看着柳慧心父亲越来越阴沉的脸,陈天明的心里更是七上八下,感到摸不着边际。

回程的路上,陈天明果然知道了答案,柳慧心告诉他,她父亲不同意这门亲事。听到这消息,陈天明痛苦地蹲在了路旁。过了好一会儿,他站起来急切地拉住柳慧心的手说:"慧心,我是爱你的。只有我们两个人真心相爱,你父亲一定会理解我们的。"柳慧心却拉开了陈天明的手:"我希望你能理解我,如果因为爱情失去父母,我一辈子都不会快乐。"

看着柳慧心的脸,陈天明问:"你能不能告诉我,你父亲为什么不同意?难道我们之间真的就这样结束了吗?"

柳慧心说,她父亲别的也没说什么,就嫌他身材太短。她还记得父亲讲了这样一句话:只要你男朋友有一米六的身高,他就不再反对这门亲事。

"一米六的身高?"陈天明一下子呆住了。为了自己的身高,陈天明从18岁开始,去了不少医院,吃了不少药,东奔西走就是没有一点效果。柳慧心父亲提出的条件,虽然与他的身高相差只有一厘米,但是,陈天明明白,微不足道的一厘米,对他来说却像隔在牛郎织女中间的那条银河,根本无法逾越。柳慧心父亲就是想用陈天明达不到的目标,让他知难而退。

就在陈天明感到绝望之际,他的心里突然一动,他对柳慧心说:"给我三年时间,我一定达到一米六的高度。"看到陈天明坚毅的神色,柳慧心点头答应了。

从那以后,柳慧心觉得陈天明忙了不少。过去,陈天明几乎天天上QQ,除了聊天就是游戏。现在,除了短暂的问好,很少上线。柳慧心问他忙什么?陈天明说争取增高呀。柳慧心问他怎么样增高,陈天明就发给他一个调皮的表情。

有一次,柳慧心特意去了陈天明那里,宿舍里除了一些书籍和稿纸,并没有增高药物什么的。为了试试陈天明的身高,柳慧心特意站到陈天明旁,却觉得一点也没什么变化。陈天明却笑着说:"你等着吧,我不会让你后悔的。"

时间不知不觉地过去了三年。这天,陈天明再次来到柳慧心家,看到陈天明的身高没有什么变化,柳慧心不自觉地叹了口气。陈天明却不慌不忙地对柳慧心的父亲说:"伯父,我已经有一米六的身高了。"柳慧心的父亲笑笑说:"说说不算,量量看。"说着真的拿来皮尺,一量,还是一米五九。柳慧心的父亲说:"你没有一米六啊,还来找我干什么?"陈天明说:"我还有两厘米。"说着,他从手提包里拿出厚厚的一本书,端端正正地放在头顶上,说:"伯父,这是我撰写出版的长篇小说,有两厘米厚,可以算吧。"柳慧心的父亲笑了:"你自己写的东西自然可以算,现在你在我心中的高度是一米六一,这亲事我同意了。"

得到柳慧心父亲同意的答复,陈天明高兴地一把抱住了柳慧心。柳慧心用小拳头敲着陈天明说:"你这坏东西,白白让我担心了三年。"原来,陈天明听到柳慧心父亲提出的条件后,觉得在身体上增高已经没有可能,他就给自己定了一个目标,利用过去爱好文学的基础,潜心文学创作,争取用三年时间出版一本长篇小说。经过坚持不懈的拼搏,他终于实现了自己的目标,用努力和智慧为自己增高了两厘米。他不仅成了当地小有名气的作家,而且也娶到了自己心爱的女人。

生活就是这样,一厘米的距离,看似无法逾越;但是只有不懈努力,奇迹就有可能发生。

税官男友

这天,梅苑小区的梅丽娟家热闹非凡,小区里的人们都知道,梅丽娟交了个在税务局上班的男朋友,今天要过来吃中饭。原本一家子的事,现在整个小区都热闹起来。主要是梅苑小区经商、办企业的人不少,大家都想交上在税务局上班的人。

梅丽娟的弟弟梅春生更是特别客气,一大早就去了菜市场,忙了整整半天,尽买最好的菜肴,想给未来的姐夫献殷勤,想让他在税收上给予自己照顾。

直到十一点五十分,刘天明才带着礼物来到梅丽娟家。他因为今天正在收缴一家新开办公司的税,拖了不少时间,刘天明才满头大汗地赶来。

梅丽娟把弟弟简单地介绍给刘天明,大伙儿开心地围坐在一起,海阔天空地谈了起来。几杯酒下肚,话也多了。一聊就聊到收入上,刘天明望着环境幽雅的小区,知道这里可不是一般收入的人家住的地方。梅春生也问刘天明一年有多少收入,刘天明说自己在税务局上班拿点工资。刘天明也问:"住这个小区可不是一般人家,你一年有多少收入啊?"梅春生随口回答:"十五六万吧。"

梅丽娟听后说:"春生,你也不要隐瞒的,其实生意好的时候还不止。"

梅春生一边吃菜一边得意地说开了:"别看我只开着一家婚庆公司,我还有房租收入,做技术顾问,帮人代销产品,广告策划,收入不少呢。"他伸出两个手指,说:"至少这个数。"

小区里几个坐在一起陪客的也在旁边起哄,说刘天明交上梅丽娟是他的福分,当然也要刘天明在今后税收上要多多照顾。

谁知一提到税,刘天明却来劲了:"春生,你收入这么多,有没有缴个人所得税啊?"

梅春生一听愣住了,原想通过未来的姐夫少缴税,想不到一见面就让他交税,他气不打一处来,梗着脖子说:"这些都是交过税的,还管它什么所得不所得的?"

"天明,你这人也真是——"梅丽娟嗔怪着男朋友,"别老是缴税缴税的,好像就你一个人在收税。这也要缴税,那也要缴税,我早听朋友说过,你家里的亲戚好友都被你得罪了。再说,我弟弟也只是在家里说说,别人根本不知道,这天知地知的事,你就甭管了。"

"你这是什么话呢?"刘天明神色一正:"依法纳税是每个公民的义务。按照规定,个人年收入超过12万元的,都要向税务部门自行申报,依法缴纳所得税,我们可不能糊涂啊。"

"糊涂,是你喝酒喝糊涂了吧。你不帮我弟弟说话,还要让他拿钱多缴税。今天这事,你要让春生多缴税,我跟你没完。"梅丽娟也恼火起来。

"你——"刘天明喝下一口闷酒不说话了。不一会儿,刘天明借机离开了,小区陪客的几位朋友也悻悻地走了,留下一桌的狼藉,搞得姐弟俩很不是滋味。

到了下午,梅丽娟突然接到了梅春生的电话,说刘天明又去找他了。梅丽娟问弟弟:"他有没有向你收税?"梅春生说:"税倒是没收,就详细询问了我一年收入的情况。姐,你这男朋友也真是——"梅丽娟说:"他这人就是一根筋,脑子不转弯。假如他再到你那里收税,你别理他,我也要跟他翻脸。"

时间不知不觉过去了半个多月,刘天明再也没有说起梅春生要缴个人所得税的事。在梅丽娟以为事情就这样过去的时候,她突然接到了弟弟的电话。梅春生在电话里急促地说:"姐,不好了,出事了。"梅丽娟忙问出了什么事,梅春生说,上次来我家一起喝酒的陈老板,因为未缴所得税被举报了,听说税务局在立案查处,查实的话不仅要罚款,还要被追究责任。梅春生说:"姐,你说我该怎么办呀?快叫刘天明帮忙。"梅丽娟安慰了弟弟几句,连忙给刘天明打电话,问怎么办。

刘天明在电话中说:"那你和你弟弟再请我吃一次饭,我保证你弟弟没事。"

到了晚上,梅丽娟和梅春生特意烧了几个好菜。刘天明坐下后说:"上次我说你弟弟应该缴税,你还说我喝酒喝糊涂了,现在知道我不糊涂了吧。"

梅丽娟着急了:"你就别卖关子了,你不是说保证没事吗?"

刘天明却笑着说:"我没说你弟弟有事啊。"

梅春生在一旁搭讪道:"你和领导一定很铁吧,这样的事要靠你才能摆平啊。"

刘天明说:"你别太天真了,不缴税款是违法违纪的事,谁能摆平啊。你没事,靠的是这个。"说着他从口袋里拿出一个信封,

递给梅春生。梅春生打开一看，里面是一张缴税发票，缴税人一栏写着梅春生，上缴税款 18880 元。

梅春生惊愕地说："你这发票是哪来的？我没去缴过税啊。"

梅丽娟拍了拍春生的肩膀说："傻弟弟啊，这笔税款肯定是天明替你代缴了呀。他只有拿着这'尚方宝剑'，心里才觉得踏实着呢。"

刘天明被丽娟说得脸颊红了起来："对啊，你是我的女朋友，你弟弟那里我也不好得罪，我只好出此下策了。不过，千万别让我再缴第二次税了。"

梅春生听了哈哈一笑，说："这是你工作没做到家，交掉的税款就当你给小舅子的见面礼了。下次你还想缴税，怕是心有余而钱不够啊——"一家人听了都开心地大笑起来。

温暖的距离

刘明是一家企业的职工，为人有点大大咧咧。工作之余，就是喜欢摄影。不知什么原因，他经常和妻子磕磕碰碰的，最近妻子竟然提出离婚，这让他很是烦恼。

妻子回娘家后，刘明也在不断思考：他不嫖不赌，工作也还过得去，按理说也算是个好男人，可为什么妻子老对自己不满意呢？

这天，刘明和几位摄影爱好者一起，来到一个偏僻山村采风。刘明听说村里有对年过八十的夫妻非常恩爱，他就特别留意那对老人的行动。

第二天一大早,刘明被云雾缭绕的山村景色陶醉了,他欣喜地寻找着最美的景色,按动着快门。突然,蜿蜒曲折的山道上,出现了两位老人,老男人拎着一只皮水桶,老太太拄着拐杖。两人一前一后地来到山道旁的泉水坑边取水。

不一会儿,两位老人取好了泉水。两个人一人伸出一只手,抓在皮筒的拉手上,抬着装水的皮筒往下走。刘明赶紧偷偷拍下了照片。

弯弯的山道上,两位老人走走停停,刘明拍摄了不少照片。快到村口的时候,刘明发现一个奇怪的现象:起初的时候,两位老人抓住拉手的两只手离得比较远。越到后来,两个人的手都往拉手中间靠拢。刘明想,拎皮筒的手应该是放在拉手外面才省力,他们怎么都往中间放呢?

看到老人进村,刘明特意去拜访了那对老人。男的听了呵呵一笑,说:"老伴年纪大了,我该多出点力,所以我把手尽量往中间放一点,可以让她减轻一点重量。"老太太说:"他年轻时候左腿受过伤,我把手放中间一点,可以多为他分担一点力量。"

两位老人的话让刘明感动不已:两个老人看似你往中间挪一点,我往中间挪一点,其实都是在心里想着为对方减轻一点。而正是这一点点,两位老人的心相互温暖着,幸福着。

离开那个山村的路上,刘明想了很多:在过去的生活中,他常常是以自己为圆心:除了上班,就是摄影。遇到影友,他就谈天说地,一聊就是几个小时;有时候,遇到影友临时召唤,他给妻子打个电话,就离家好几天。他在自己寻求快乐的同时,根本没有考虑到妻子的感受。正是这种大大咧咧的性格,让家庭的小矛盾逐

渐演变成越来越多的矛盾，产生了夫妻之间的隔阂。

到家后，刘明和妻子诚恳地进行了长谈，表示今后将改正自己的缺点。他把那对老人拎水的一组照片取名为《温暖的距离》，端端正正地挂在书房里，用以警醒自己：多为自己心爱的人想一想，哪怕一点点，也可以成就幸福的生活。

幸福的铃声

柳春燕是一家保险公司的业务员，这天晚上，她在梅苑茶室里陪杨晓丽、陈佳眉、黄月红等几位客户，这几位客户都是她的老同学，不知是谁提议要玩扑克牌，杨晓丽说："现在的男人都像跟屁虫，说不准打上一两盘，家里就打电话来召唤了，要不我们都把手机关了，玩个通宵，怎么样？"其他几位朋友也立即叫好。

于是，杨晓丽就开始让大家上交手机。当杨晓丽走到柳春燕跟前时，柳春燕执意不肯上交手机，说："我的手机不能关机。"

杨晓丽不解地问："你出门的时候不是跟你老公说过要陪客户吗？关了手机有什么关系？假如你老公问起来，你就说手机没电了。"

"不行，每次我出门的时候，我老公都检查过我的手机，因此我的手机是永远有电的。再说，为了防止手机没电，他还在我提包里准备了另一块电板。"柳春燕说。

杨晓丽更不解了："你又不是什么重要人物，一定要24小时保持手机畅通?"

柳春燕说:"那也不是,到了晚上十点钟,假如我没在家,他一定会给我打个电话。"

"这个电话真的那么重要?"杨晓丽问。

柳春燕说:"我做保险十年了,晚上十点钟的时候,假如我在外面,他一定会打电话给我,就好像恋人约会一般,从没有间断过。"

柳春燕的话引起了大家的兴趣,杨晓丽问:"那里面一定有原因吧。"柳春燕回答说:"因为有一天晚上,我的手机没在身上——"

柳春燕告诉大家,十年前,她开始做保险业务员。因为工作关系,她经常要在晚上去约见客户,每次出门的时候,丈夫总是叮嘱她要注意安全,让她尽量在晚上十点钟以前回到家中。

起初的时候,柳春燕很不在意,每次接到老公的电话,觉得老公挺烦的,这么不放心自己。时间长了,也慢慢习惯了。想不到有一次,她和一位客户在家里聊天,聊着聊着,突然发现时间已经到了晚上十一点多钟,她觉得奇怪,老公怎么没给她打电话?她赶紧去拿手机,发现口袋、手提包里都没有,她连忙用朋友的手机给家里打电话,没人接;给老公打手机,老是占线,她急忙向朋友告别,心急火燎地往家里赶。就在她回家必经的路上,她看到了老公,一边打着电话,一边焦急地四处张望。

看到柳春燕,老公跑过来狠狠地打了她一拳,说:"你的手机怎么打不通了,我打你电话快半天了,你的好友那里我都打过电话了,就差没打报警电话了。"老公的话语里充满了关切和爱怜,一刹那,柳春燕泪流满面地抱住了老公。

柳春燕说,那次她的手机掉在了一位客户的沙发里面,找到后,她翻看了未接电话记录,老公居然给她打了二十多个电话。想到老公对她那份关怀,她的心里就会涌现出一分不同寻常的感动。

"我不相信。"就在大家为柳春燕的话语所感动时,杨晓丽突然一把抢过柳春丽的手机,说:"这样吧,春燕,我不关你的手机,但手机我替你保管着,你就陪我们玩玩。"

柳春燕没有办法,只能听从。

不知不觉地到了晚上十点钟,柳春燕的手机果然响了起来。柳春燕拿出手机看了看,说:"是你老公的电话,我不接,看他接下来干什么?"

柳春燕的手机铃声停了下来。没过两秒钟,悦耳的铃声又响了起来。柳春燕说:"你接电话吧,否则他很担心的。"杨晓丽说:"别担心,我们考考他。"

手机铃声响了停,停了又响。

十多分钟过去了,柳春燕的手机铃声终于停了下来。这时候,杨晓丽的手机响了起来,杨晓丽依然没有接。接着,陈佳眉和黄月红的手机也响起了手机铃声,两人看了看杨晓丽,依然没有接电话。

不一会儿,几只手机都响起了手机铃声,陈佳眉终于忍不住接起了电话,电话是她老公打来的,说他接到了柳春燕老公的电话,问柳春燕是不是和她在一起。杨晓丽和黄月红也接到了家里的电话,询问柳春燕是否和他们在一起。

而这时候,柳春燕再也忍不住了,她接通了老公的手机,悦耳的手机铃声响了起来,她听到了老公那急切的声音:"春燕,你怎么老不接手机啊,要不要我来接你……"

　　这一刻,柳春燕真切地感觉到,晚上十点钟的手机铃声,是她听到的最悦耳的铃声,是幸福的铃声。

约　　会

　　"你去过潘周家么?"周洁问我。

　　我说:"去过,去过N次。"

　　"那今年还去么?"

　　我说:"有兰花,我自然要去。"

　　周洁说:"我也要去,不知道她还会不会来?"我看着周洁,他的眼神中充满了向往。"假如今年再遇到她,我会请她去吃一根面。"周洁喃喃自语。让我不由自主地回想起去年的潘周家之行。

　　去年四月,周洁失恋了,相交三年的女朋友离他而去。看他日渐憔悴的模样,我说:潘周家在举办兰花展,还有旗袍美女秀,去散散心吧。

　　周洁不屑地说:爱情这副毒药已经让我遍体鳞伤了,没有什么药可以拯救我。

　　我说:除了爱情,难道没有乡愁么?

　　周洁似乎醒悟过来。老家,老屋小巷,还有那道不完的亲情,似乎分散了周洁的注意力。

周洁跟我去了潘周家,他的神情虽然落寞,但在那古色古香的厅堂里,美轮美奂的兰花让他深深地陶醉。

兰花很美,像谦谦君子,在潘周家古老的厅堂里亭亭玉立,就像清新脱俗的美人,默默地伫立在白墙黑瓦的历史长河中,惊艳而又壮美,吸引着人们的目光。

突然,周洁扯了扯我的衣角,我随他的目光望去,只见人流中一位长发披肩的红衣美女正在为兰花拍特写。在周洁的示意下,我偷偷拍了一张那位美女的照片。

"难道这就是传说中的艳遇?"后来的旅途中,周洁带着我默默地跟在那位美女的身后。不知是有意还是无意,那位美女还朝我们点头示意。

看到美女的笑容,周洁的脸上亮堂起来。回程的路上,周洁说:"我要把美女的照片发到微博上,向她求婚。"

我大惊,说这样不太好吧,别人的底细都不清楚,贸然行事,人家还以为你是神经病呢。

周洁说:"人生其实就是在赶赴一场又一场的约会。去某一个地方,去看某一个人,或者去遭遇那一场无法预见的艳遇。"

我不敢苟同,更多的是劝他,让他千万不要蛮干。并答应帮他找找那位美女。

两个月后,我问了不少朋友,但是一无所获,没有人知道和我们相遇的那位美女。周洁再也忍不住了,他把照片发在了自己的微博上,希望有朋友帮助他结识那位美女。

周洁居然收到了回复:那女子说,感谢他的信任,不过她已经在一个月前找到了男朋友,居然也是在潘周家兰花展上认识的。

周洁没有怨我。我却有种深深地自责,假如不是我的迟疑,周洁也许已经收获了他的爱情。

又到了春暖花开的日子,潘周家的古厅堂里依然会有兰花绽放。周洁又来约我去潘周家。他对我说,那些古老的厅堂里,演绎过多少的悲欢离合;那些背街小巷中,也许有很多很多的故事去等待他采撷。就像山间绽放的一朵朵紫云英,只要用心去,一定会邂逅那场属于自己的爱情。他期待着自己的那一场浪漫温馨之旅。

经典之爱

娟子结婚已经二十年了,虽然早已没了当初的激情,可生活还是甜甜蜜蜜。她的丈夫常常像呵护小鸟一样地呵护着她。回家晚了,她能吃上香喷喷的饭菜;衣服脏了,丈夫就和她一起洗;指甲长了,丈夫就会细心地帮她修剪。可说不出什么原因,娟子总感觉到自己的婚姻缺少点什么,心情也时常磕磕碰碰的。

春暖花开的一天,娟子和几位朋友去爬山,就在她们风风火火赶到山脚的时候,一位朋友突然发出"嘘——"的一声,并让大家不要作声。娟子问怎么啦?朋友用手往前面一指说:"别打扰他们——"娟子一看,只见不远处,一株枝繁叶茂的梨树下,坐着一对中年男女,男人戴着墨镜,女人的头枕在男人的大腿上,男人手拿二胡靠在女人的肚子上,边拉边唱,二胡悠扬,歌声嘹亮,在满树的梨花中构成了一幅独特的美景。两个人的神情是那么专注,二胡声、歌声,还有鸟语花香,他们是那么的如痴如醉,令人羡慕。看到他们那充满幸福的模样,娟子和几位朋友都几乎看呆了。

"这简直是经典之爱,如果有位著名的摄影师或者导演,能给他们拍成照片或电影,一定能成为经典。"娟子说。"他们确实可以成为经典。"一位朋友告诉娟子,她认识这对夫妻,男的眼睛不好,女的也不漂亮,但是,他们走在一起后相濡以沫,互相牵手。为了让丈夫感受春天的气息,每到春天的时候,女子经常带着丈夫来到这里;丈夫呢,为妻子拉上一曲二胡,唱上几句歌声,就这样过了一个又一个春天。很多知情的人走过这里,都会不自觉地放慢自己的脚步,不想去惊扰他们。

回来以后,娟子想了很多很多,她想到了自己人生中的许许多多往事。有一次,他和丈夫去公园,半路上突然下起了雨,丈夫把整把伞都遮在她的头顶上,到家的时候,丈夫几乎淋湿了,而她却没有被淋湿。每天的早上,丈夫总是早早地起床,替她端上一碗不冷不热的稀饭,为的是让她能够多休息一会儿。她两手那长长的指甲,虽然赢得了很多同事的羡慕,其实也是丈夫经常做家务替她养出来的。娟子想:如果自己是个著名的摄影师或者导演,这一切其实也可能成为经典之爱。想到这里,娟子的心结似乎解开了。

爱就是这样平平淡淡,但不经意间,其实每个家庭都会有自己的经典之爱。

跨越千年的爱恋

陈皓泉是个规划设计师,在省城一家规划设计院工作。这天,他接到了一项任务,院领导让他去浦江,对坐落在县城城北的一个项目进行规划设计,年轻而又充满激情的小伙子很快来到了浦江县城。

陈皓泉今年26岁,在规划设计方面已经多次获得过省级设计大奖。对这个项目,陈皓泉觉得凭着自己的才华和实力,自然是小菜一碟,手到擒来。到浦江后,陈皓泉听取了情况介绍,然后进行实地勘察和查阅资料。正当陈皓泉准备设计时,一个叫月泉公园的遗址难住了他,因为这个遗址相传是中国第一诗社——月泉吟社的发源地。如果不考虑这个遗址进行设计,那自然是容易得很。可是,毁了这个遗址,他也有可能成为千古罪人。

这天晚上,天上的月亮又大又圆,显得分外皎洁。陈皓泉漫步来到被称为月泉的地方。他蹲在一块破损的石碑旁,平心静气地准备构思自己的设计方案,可不知什么原因,心中却怎么也抹不去月泉的影迹。就在他陷于迷惘之中时,突然,他的眼前渐渐变得亮了起来,他用手一划,面前竟然出现了一泓清水,随着月亮的升高,水面竟然越来越大。有了水,城市就有了灵气,陈皓泉欣喜地捧起泉水,不小心却将随身佩戴的一块月牙形玉佩掉进了水里,那是他母亲留给他的唯一遗物,陈皓泉想都没想就跳进水里

去抓玉佩。可玉佩慢慢地往水底深处沉落,陈皓泉只好憋住气跟着往下潜水。到了水底,眼看就要抓到玉佩,玉佩突然滑进了一个漩涡,陈皓泉想也没想跟着一头钻了进去。

穿过漩涡,陈皓泉突然眼前一亮,发现里面竟然是个花园。花园临湖而建,十分雅致。就在陈皓泉不知所措时,一个穿着大红衣裤、头戴红丝巾的女子,手中拿着那块玉佩,猛地扑在陈皓泉身上,紧紧地抱住了他,哭喊着:"泉郎,你终于来了——"

陈皓泉赶忙推开那女子:"姑娘,你认错人了,我只是来找玉佩的。"说完便去拿女子手中的玉佩。那女子紧握着玉佩,说:"泉郎,我等你一年了,难道你真的忘了我吗?月泉边赛诗会定情,仙华山情侣岩相约,那生生死死的誓言,你真的记不得了?你今天来,难道只是来归还这块玉佩的?"说着,女子拿出自己胸前的一块玉佩,竟然与陈皓泉的那块一模一样。

看着女子神情激动,陈皓泉不敢再多说什么。他扶着女子在湖边的石凳上坐了下来,待女子平静下来后,才问起事情的缘由。那女子告诉陈皓泉,她叫张蕙月,是城北张大户的女儿。几年前,她父亲听说这里有个神奇的泉水洞,泉水随着月亮变圆会慢慢上涨,月亮变缺泉水会慢慢消退,就花钱买了下来,以泉水为中心,建造了一个月泉公园。去年,为了提高公园的知名度,张大户邀请才子佳人,吟诗作画,并且举办了一次全国性的田园风光赛诗会。陈皓泉在三千多名参赛者中脱颖而出,被评为第一名。张蕙月说,他父亲举办赛诗会,其实还有一个目的,那就是准备为她选个如意郎君。在获奖的诗词中,张蕙月最喜欢陈皓泉的诗,矫而不贵,凡而不俗,虽然没有见到陈皓泉,可她的心已经被这个才华横溢的男子征服了。

赛诗会颁奖大会那天,张蕙月终于看到了心仪已久的陈皓泉,长得一表人才,英俊潇洒,得知陈皓泉也是出身名门而且没有成家,张大户当场宣布把张蕙月嫁给陈皓泉,陈皓泉见到张蕙月也是一见钟情。赛诗盛会加上才子佳人的美妙姻缘,月泉公园的名声一时传遍大江南北。

在张大户家,陈皓泉和张蕙月两人切磋诗词,感情越来越深,有一天,他们到仙华山游览。当两人来到情侣岩时,陈皓泉忍不住抱住张蕙月说:"蕙月,虽然我与你认识的时间不长,但是,我对你的情就像逾越千年万年的情侣岩一样,永不变心,我要和你生死相随。"张蕙月连忙用手捂住了陈皓泉的嘴,她幸福地依偎在陈皓泉身上,含情脉脉地拿出一个红手绢包着的小包,从包里拿出两块月牙形玉佩,说:"皓泉,这是我家祖传最珍贵的宝物,人在玉在。"说着把一块玉佩戴在了陈皓泉身上,一块戴在自己身上。

张蕙月的述说让陈皓泉惊呆了。他急切地问:"那后来呢?"

张蕙月说,从仙华山回来后,张大户准备给俩人举办婚礼,就在这时,陈皓泉的老家有人过来,说他的家乡遭受了特大水灾,让陈皓泉赶紧回家,陈皓泉听后,依依不舍地告别张蕙月走了。

"你这一走,竟然再也没有什么音信。后来,父亲经不住当地富豪秦家的纠缠,答应把我嫁给秦公子。在父亲的多次逼迫下,我无奈地答应了。其实,从答应出嫁那天开始,我的心就已经死了。可想到完好如初的玉佩,我相信你一定还活着,一定会来找我。"张蕙月说着紧紧拉住陈皓泉的手,生怕再分开。

陈皓泉听着张蕙月的故事,他的内心被震撼了,多么有情有义的奇女子啊,他任由张蕙月靠在他温暖的怀抱里,享受着这浪漫温馨的时刻。

"好呀！明明在这里找野男人,还说什么新娘子失踪。来人呀,把这对狗男女给我抓起来送官府。"正当两个人沉醉在幸福之中时,一声大喝惊醒了他们,只见一个新郎打扮的人带着好多人冲了过来。张蕙月把手中的玉佩往陈皓泉手里一塞,急切地说:"泉郎,你快跑,秦公子这里我来对付。"

"不,我要带你一起走。"陈皓泉拉着张蕙月不放。

"泉郎,有你这句话,我此生无悔了。只要月泉在,我们还有相会的日子。"张蕙月说完把陈皓泉狠狠一推,陈皓泉猛地掉进了湖里,隐约中他听到"小姐自杀了,快救小姐——"的话语,他一下子失去了知觉。

陈皓泉醒来的时候,月亮已经落了下去,他想看看月泉,可找不到清澈的泉水,只有手中的玉佩,仿佛还留着张蕙月的体温,让他的手心暖暖的。

回城以后,陈皓泉查找了很多有关月泉的资料和传说,当地的老人告诉他,数百年前这里确实举办过一次声势浩大的赛诗会,有个姓陈的公子夺得了桂冠。

陈皓泉重新调整了设计思路,他把月泉设计成一个非常漂亮的公园,当作项目开发的点睛之作,这一神来之笔,使整个设计方案变得非常精美,他自己也感到比较满意。

没多久,在项目设计方案评审会上,陈皓泉看到一个似曾相识的青年女子,当主持会议的人说邀请设计专家张蕙月提提意见时,只见那女子站了起来,说起了月泉的历史和对设计方案的评价。陈皓泉却一下子愣在那里,因为他看到,那女子胸前竟然也挂着一块月牙形的玉佩……

龙游绝恋

莺飞草长,桃花盛开,一位英俊潇洒的年轻人正在姑篾凤凰山下舞剑。剑风掠过,绚丽的桃花随剑飘舞,落英缤纷。就在他舞得兴起时,一匹快马疾驶而来,马背上突然掉下一个人。年轻人连忙上前,看到地上躺着一个满脸血污的姑娘。他急忙把姑娘抱进了桃花掩映的小木屋。

年轻人名叫龙生,他细心地为姑娘擦去血污,看到姑娘只是有点外伤,龙生连忙烤起火,煎起草药。在满室的草药香中,姑娘醒了过来。看到龙生,姑娘的脸上飞起了两朵红云。姑娘说她叫仙游,她的家乡连年战乱,是逃难逃到这里的。

龙生说:"你现在无家可归,身上又有伤,先在这里养伤吧。"仙游姑娘点了点头。

龙生每天上山为仙游采摘草药。在他的精心照顾下,仙游很快恢复了健康。这天,龙生和仙游来到凤凰山下,龙生大着胆子对仙游表达了自己的爱意:"仙游,你能留下来吗?"仙游羞红了脸,却没有同意。

那天晚上,龙生还在睡梦中的时候,仙游走了。她给龙生留下了一块龙凤玉佩。玉佩下放着一张留条:龙生,谢谢你的救命之恩。其实我是吴国的公主,假如你有勇气,你就来吴国提亲吧。

半个月后,龙生孤身一人来到吴国,吴王接待了他。当龙生提出想娶仙游时,吴王说:"仙游是尊贵的公主,她需要住在华丽的宫殿里,我给你三年时间,假如你能够建造一座世人注目的宫殿,那我就答应这门婚事。"龙生沉默了好久说:"请您让仙游等着我,我一定会来娶仙游!"

告别的时候,仙游说:"龙生,虽然我知道你爱着我,但是我和你的距离比天上的银河还要遥远。我父亲提出的条件,只不过是想让你知难而退。请你把我送给你的玉佩卖了,你就能安心地过好一辈子的生活,千万别想我,也别为我做傻事。"

龙生说:"不,请你相信我,你一定要等着我。"

回到凤凰山,龙生握着那块带着仙游体香的玉佩,决定在凤凰山开凿石窟建造宫殿,他要去实现那个遥不可及的梦想,因为他的骨子里已经爱上了仙游,他就是为了仙游而活着。

从那以后,龙生开始开凿凤凰山的石窟。他也给遥远的父亲发去了求助信。没多久,龙生的父亲带着大队人马来到凤凰山下。原来,龙生是姑篾国王的儿子,他厌倦了皇宫那种钩心斗角的生活,悄悄来到凤凰山,过着世外桃源般的生活,想不到仙游公主却让他改变了主意。

石窟的工程相当浩大,龙生带着很多很多的人,挖凿了一间又一间石室。为了表达对仙游的热爱,龙生把仙游送给他的玉佩镶嵌在石窟的最中心位置,并把玉佩做成一个机关。他要给仙游一个惊喜,告诉她一个让她终生难忘的爱情传奇。

三年后,石窟宫殿终于建成了,去吴国迎接仙游的队伍也回来了。龙生站在凤凰山下,他期待这个日子已经太久了。当他满脸喜悦地来到迎亲队伍前时,带队的人告诉他一个不幸的消息:龙生走后,吴王觉得龙生绝对不可能建成宫殿,就把仙游许配给邻国的一位王子,仙游伤心欲绝,就在出嫁的前一天晚上,她投河自尽了。听说龙生已经为仙游建造了宫殿,内疚的吴王把一些遗物交给了他们。

听到这消息,龙生如五雷轰顶。他跌跌撞撞地来到迎亲花轿前,从一个宫女手中接过仙游的遗物,转身慢慢地走进宫殿石窟,就在人们还没有缓过神来的瞬间,那个宫女也冲进了石窟。这时候,石窟的大门突然缓缓关上了。

原来,龙生特意在石窟里安装了机关,只要扭动石窟中的那块龙凤佩玉,就能封闭石窟的大门,让石窟成为与世隔绝的世外桃源。从此以后,石窟就像在人间消失一样,再也没人能够打开过。

龙生和仙游成了一段传奇。有人说,为龙生殉情的只是一个普通宫女,跟着龙生进入石窟的那个宫女就是易容后的仙游,他们两个人在石窟里过着神仙眷侣般的生活。也有人说,仙游其实早就逃到了龙生这里,去吴国迎亲只不过是一场欺骗吴王的把戏。

"你是风儿我是沙,缠缠绵绵到天涯。"数千年来,凤凰山就流传着这段充满传奇的龙游绝恋。

今天,当络绎不绝的游客在游览龙游石窟后散去,在万籁静寂的深夜,有人在石窟中仍然能听到一男一女在悄悄地说着情话,那是人间最美的天籁之音,也是龙游绝恋的神秘延续。

第四辑

县长下煤井

七爷的旧围巾

七爷有钱,油车坊的村民都这么说。七爷年轻时走南闯北,赚了不少钱。听说还在一家公司有股份,日子过得有滋有味。

七爷豪爽,这话一点不假。村东头的二愣子生病,眼看就要卖房了,七爷送去了五万块钱,连眼睛也不眨一下。村西边的李大苟遭遇车祸,夫妻双亡。七爷来到大苟家,对两个遗孤说:"只要爷有一口吃的,就饿不了你俩。"

七爷有个怪癖,总喜欢围着一条旧围巾。那是一条浅灰色的围巾,七爷总是小心翼翼地把它折叠好,然后轻轻地把围巾围在脖子上。

有一次,大风吹开了七爷的围巾,几个村民看到围巾上居然有好几个破洞,便打趣地对七爷说:"七爷,你这破围巾,还不如我家的洗碗布呢,赶紧换了吧,你又不是没钱。"

七爷听了笑笑说:"习惯了,旧围巾,围着舒服。"

还有一天,大苟的两个遗孤围着七爷转,其中一个脚下一滑,手无意识地抓住了七爷的围巾,只听"哧"一声,围巾几乎被扯断。七爷脸色大变,大发脾气,吓得两个孩子呆若木鸡。

七爷不围围巾了,但七爷依然豪爽。村里要建桥,他捐款五十万元;邻村要修路,他捐出十万元;哪家有困难,七爷总会伸手帮一把……

不知不觉过了几年,七爷病了。村里受过他恩惠的村民都来看望七爷。看到桌上堆积如山的礼物,七爷说:"都拿回去吧。我走的时候,千万别忘了给我系上那条旧围巾。"大家问七爷:"你念念不忘这条旧围巾,究竟为什么?"

七爷说,他走南闯北的第一年,钱很不好赚,一段时间的奔波跋涉后,他在一个不知名的地方昏倒了,一位村妇发现了他,不仅给他烧了一大碗热气腾腾的面条,临走的时候,还送给他一条围巾。后来,他一直在寻找那位村妇,却始终没有找到。

"假如没有那位村妇的帮助,也许我早已不在人世了。"七爷抚摸着那条旧围巾,感慨地说,"那是一泓善之泉,我要让善的清泉永远流淌下去……"

腰　板

这天中午,学校门口的一排快餐店里,有一家突然失火,摆在这家快餐店门口的煤气瓶瞬间燃起大火,封住了进出快餐店的出口。正在里面吃中饭的三四个学生吓得呆了。

说时迟那时快,在这危急时刻,一个中年男子冲到着火的快餐店门口,用一根钢钩勾住钢瓶,将带着火苗的钢瓶拖离了快餐店。大火很快被扑灭,快餐店里的学生安然无恙。

惊魂未定的人们发现,拖离钢瓶英勇救人的那个中年男子,就是在校门口摆烧饼摊的老杨。老杨的右手被火苗灼伤了。大家围住老杨,让他赶紧上医院治疗。老杨却摆摆手说:"不碍事,不碍事!"说完顾自回到烧饼摊前。

老杨两口子在校门口摆烧饼摊已经十多年了,学校的很多师生都熟悉这个烧饼摊子。每天一大早,佝偻着身子的老杨踩着一辆"嘎吱——嘎吱——"声响的旧三轮车,运来烤箱、面粉、蔬菜等物品。不一会儿,烧饼摊前就飘出阵阵清香。老杨的烧饼个大肉多,价钱也实惠,很受师生欢迎。

老杨话不多,整天弯着腰,佝偻着身子,两手忙个不停,脸上很少能看到笑容。师生们来买烧饼,老杨的妻子收钱递烧饼,脸上满是笑意。

有一次,有个语文老师带着几位学生来到烧饼摊吃烧饼,老师边吃烧饼边问老杨:"老杨,您怎么整天佝偻着身子?"老杨不怒也不恼,说:"腰板伤了。"说完还是埋头做他的烧饼。后来,有位学生写了篇作文:《老杨的烧饼摊》,传神地写出了老杨佝偻着身子做烧饼的神态,获得全校征文大赛特等奖。老杨的烧饼摊生意更红火了,但老杨依然弯着腰,佝偻着身子,仿佛外面的一切都和他无关似的。

老杨救人的事迹很快通过微信、微博传播开来,特别是老杨挺着腰板拖走钢瓶的那张照片,十分震撼。报社记者和电视台采访车很快来到烧饼摊前。让人意外的是,烧饼摊里只有老杨妻子一个人,问老杨去哪里了?老杨妻子支支吾吾,一会儿说老杨病了,一会儿说老杨不愿接受采访。

赶来采访的记者很执着,一定要找老杨采访,最后通过警察找到了老杨。看到警察,老杨居然浑身瘫软,说:"这一天终于来了。"

到派出所后,老杨向警察交代,十多年前,在千里之外的老家他因为一时火起打架伤人,就逃到这里摆了个烧饼摊。为了改变自己的身体形态,他故意弯着腰板,佝偻着身子,话也不敢多说,就是怕被人认出来,受到法律的制裁。

"那你为什么还要去救人?"记者问老杨。

老杨痛悔地说:"打架伤人后,我隐姓埋名逃到这里,再也挺不起腰板了,一失足成千古恨啦。但是,我每时每刻还是渴望自己能够挺直腰板做人。火灾发生的一刹那,我豁出去了,心想:假如能够救下几个学生,哪怕搭上我这条命,这辈子也值了——"

说完,老杨打开手机中那张挺着腰板拖走钢瓶的照片,看着窗外阳光灿烂的世界,一脸轻松地笑了。

鳖王老陈

浦阳江有条支流叫蜈蚣溪,今年七十岁的老陈就住在蜈蚣溪旁的一个村庄里。老陈个子不高,瘦巴巴的脸上经常露出浅浅的微笑;眼睛不大,却炯炯有神。老陈的老伴两年前因病去世,两个子女都已成家立业,身体健朗的老陈种田种地,一个人过得逍遥自在。

也许是年纪大的缘故,老陈每天都起得很早,没去自家田里和地里,而是背着把锄头,经常转悠在蜈蚣溪旁。看到河道里有垃圾,老陈用锄头一拨拉,将垃圾慢慢勾到岸边,然后将垃圾装到篮子里,送到垃圾清运点。村里人见了,说:"老陈,村里有河道保洁员,你操那份子心干吗?"老陈笑着说:"河道干净了,大家都有好处,累不着我。"

村里的张飚是老陈的老伙计,看到老陈经常去蜈蚣溪,心想:这老陈怕是又犯鳖瘾了吧。

张飚对老陈知根知底:老陈年轻时喜欢捉鳖,不仅走遍浦江的大河小溪,还到和浦江相邻的河流和山塘水库去捉鳖。有人说:老陈家的三间房子是捉鳖的钱建起来的。也有人说:老陈的媳妇是他捉鳖时带回来的。老陈被当地村民传为鳖王,却从不带别人一起捉鳖。有一次,张飚死乞白赖地跟着老陈去捉鳖,老陈答应了。老陈带着张飚来到一个四面环山的小水库旁,张飚看看风平浪静的水面,觉得这地方干净得很,心想哪会有什么鳖?谁知老陈趁着晚霞放诱饵下笼子,第二天一大早就收获了六只两三斤重的土鳖,让张飚大开眼界。

老陈捉到了鳖,经常会邀请张飚去聚聚。张飚就带上自家酿制的高粱酒,就着清香的鳖肉,两个人你一杯,我一杯,兄弟般的喝个痛快,那美滋美味真叫一个绝。借着酒意,张飚问老陈有哪些捉鳖的技巧,老陈却是装聋作哑,不透露丝毫信息。

到了20世纪90年代,张飚感到老陈来请他喝酒的次数越来越少了。有次聚会,张飚边喝酒边问老陈:"老伙计啊,是不是子女长大了,捉的鳖都卖钱补贴家用了?"老陈抿了一口酒,叹了口气说:"唉,你瞧瞧咱们村口的蜈蚣溪,污染得厉害,都快变牛奶河了,哪还有鳖呀。"

一语惊醒梦中人,老陈的话让张飚明白过来:千家万户的家庭作坊式水晶产业既给浦江的水晶加工户带来了财富,也给浦江

带来了严重的污染,别说鳖,连鱼虾的生存环境也遭到了破坏。

又过了几年,老陈终于不捉鳖了,那双明亮的眼睛也逐渐黯淡下来。遇到张飚,两个人笑笑,吃鳖喝酒的日子已经成了美好的回忆,环境污染已经让老陈无鳖可捉。

日历翻到了2013年,老陈看到村子里来了一拨又一拨的人,村口亮出的"绿水青山就是金山银山"的标语分外耀眼。没过多久,一家又一家的水晶家庭作坊关闭了,蜈蚣溪又渐渐开始清澈起来,老陈黯淡的眼睛也变得明亮起来。

今年初夏的一天凌晨,老陈兴冲冲地从蜈蚣溪往村里跑,他砰砰地敲响了张飚家的大门,当惊愕中的张飚打开门时,看到老陈手中拎着一只塑料袋,里面有一只两三斤重的土鳖。老陈的话语无伦次:"鳖,鳖又回来了。"张飚从后面赶来的几位村民中了解到:老陈这天又去蜈蚣溪捡垃圾,看到河里有块黑黑圆圆的东西,用锄头一勾,竟然是一只土鳖。

村西头的陈老板闻讯赶来,甩出五千块钱想买下老陈的土鳖,老陈没有答应。这一次,老陈也没请张飚喝酒,而是和张飚一起来到蜈蚣溪的深水潭,把那个土鳖放了。看着渐渐消失在水中的土鳖,老陈说:河水清了,这鳖养着,将来蜈蚣溪里会出现更多的土鳖。

"老记"回乡

老记名叫纪德明,今年55岁,是北京一家报社的记者,他的老家在浙江浦江山村。因为他一直在报社工作,当记者数十年,大家都称他为"老记"。

这天,老记刚上班,就接到他堂叔的电话:"德明,你快来家乡看看吧!"一听堂叔的口音,老记忙说:"堂叔,我现在改做编辑了,采访的话要请另外的记者去。"堂叔一听笑了:"前几次让你拿过一个烫手山芋,被吓怕了吗?这次啊,是请你来看看家乡的好事。"老记问:"堂叔,啥好事啊?""你来了,不就知道了吗?"说完,堂叔那边挂断了电话。

放下电话,老记回想起多年前堂叔的几次电话,都是让他去曝光老家村里的水晶污染。老记跟随父母少小离家,一直住在北京,脑海中满是浦江乡村的美好记忆。接了几次电话,拗不过堂叔的再三恳求,他特意去了一趟老家,只见许多旧房子里租住着一些水晶加工户,村口倒满了颜色各异的水晶废渣,小溪沟渠里漂浮着白色浑浊的污水。堂叔告诉他,因为环境污染,村里的好多土地没法种了,有的村民还生病住院了。堂叔的话激起了老记的采访欲望,采访村民后,他又到相关部门采访。可他很快接到了许多说情电话,有的说水晶是浦江的大产业,有污染也是正常的;有的说,别为了小小的污染,砸了浦江水晶之都的牌子。回到

北京后，老记将写好的稿子发在报社内参，结果还是得罪了不少老乡。堂叔的事情没有解决，老记觉得无颜回乡，已经好几年没回老家了。

借着假期，老记在阳春三月又一次来到浦江。凭着记忆，老记来到自己的老家，只见村口矗立着一堵漂亮精致的石头小墙，像一道靓丽的风景迎接着他这位远方的客人，但老记却怎么也找不到原来熟悉的村口。

"德明，你回来了。"堂叔从石头墙后走了出来，一把握住了他的手。

"堂叔，村里大变样了呀！那些水晶加工户去哪儿啦？"老记迫不及待地问。

"莫急，莫急。"堂叔陪着老记走进村里，眼前是白墙黑瓦，石板路旁的水渠里，流淌着清澈的溪水，别有一番韵味，让老记仿佛回到了欢乐有趣的童年时代。

来到堂叔家，堂叔把宣传部的郭科长介绍给老记。简单介绍后，老记的话匣子一下子打开了，他迫切地想知道，浦江水晶这么大的一个产业，涉及千家万户的利益，在发展产业和整治环境中是如何谋求突破的呢？

看到老记疑惑不解的模样，郭科长对老记说："浦江整治水晶污染最关键的就是依法。"

"依法整治环境污染。"郭科长告诉老记。浦江水晶产业的发展也带来了乱倒废渣、乱排废水等环境污染问题。面对群众要求保护环境的迫切呼声，县领导班子提出了"既要金山银山，更要绿水青山"的工作目标，全县借浙江全省"五水共治"的东风，一方面投资创办水晶集聚园区，通过园区集聚，统一治污，推动水晶产业升级。另一方面，以壮士断腕的勇气，全面依法开展水晶行业环境整治，先后推出了环保局牵头的"清水零点行动"，对偷排废水废渣的加工户进行查处；工商局牵头开展"金色阳光行动"，依法关停无证无照加工户；执法局牵头拆除乱搭乱建的违章建筑场所；安监消防部门牵头查处关闭存在消防安全隐患的加工户。对倾倒有害物质严重污染环境的违法人员，由公安机关进行立案查处，依法追究刑事责任。正是依法整治环境污染的高压态势，把浦江治理水晶污染推向了深入，据统计，整治水晶污染行动共取缔关停水晶加工户一万九千多家，全县水晶加工企业从原来的二万多家减少到目前的一千多家。

"减了这么多，难怪乡村都变了模样。"老记感慨地说。

郭科长说："县里还依法开展重污染行业、畜禽养殖业、农村垃圾污染等专项整治，全县消灭牛奶河、垃圾河、黑臭河共一千多条，从而彻底扭转了环境污染严重的局面。"

"水晶加工户减少了，农户的收入也会减少。政府如何来扶持其他产业的发展呢？"老记平时最关心的是农民增收。郭科长回答说："水晶产业是进行提升，另外还发展了电子商务、乡村旅游等等。"

堂叔笑笑说："德明，村口的石头墙漂亮吧，那是特意为发展乡村旅游而打造的。去年，水晶加工户关停后，村里举办了旅游节，小街小巷里都挤满了人，手工面、火糕片等农产品都成了抢手货。"

郭科长接过话题说："纪记者，你还没听说过醉美檀溪、秀美前吴、花海民生、平湖戏水等新名词吧，环境整治后的浦江已经展现出她独有的山水之美，你在浦江多住几天，我陪你走走，多体验浦江山水风光和自然之美。"

听完堂叔和郭科长的话,老记的脑海中又浮现出浪漫天真的孩提时代。"五水共治"以后的浦江老家真的变美了,美丽的风景又让他重新拾回了童年时的美妙回忆,水清,山秀,人美。

老记果真在浦江住了一个星期,他醉在了浦江美丽的山水里,醉在了浦江农家的小院中,醉在了浦江淳朴的民风里。告别堂叔那天,老记答应堂叔和郭科长,回京后一定会好好写几篇文章,写写浦江的依法整治水晶污染,写写浦江的美丽乡村建设,让更多的人了解浦江,走进浦江,赞美浦江!

县长下煤井

这天上午,县煤矿安全生产现场会在山沟沟里的黑风山煤矿公司召开,参加会议的二十几名代表都是煤矿公司的老总,这是雷震霆县长点名要求参加的,如果不参加会议需要亲自向县长请假。因此,除了两名出差在外的公司老总,其余的九点不到都齐刷刷地坐在了会议室里。

会议九点钟准时开始,会议议程是全县煤矿安全生产情况汇报和下步工作打算,接着是几家煤矿公司抓安全生产的典型发言,最后是县长对下步抓好煤矿安全生产工作提出要求。出人意料的是,第一项议程一结束,雷县长就拿起话筒说:"典型发言大家都有书面材料,带回去好好学习就行。现在大家准备一下,跟我一起下煤井看看,针对存在问题,我再提要求。"

雷县长的话一说完,参加会议的煤矿公司老总们都呆住了。这些煤老板虽然在煤矿里赚了不少钱,可一说到下煤井,好几个人的脸色都变了:谁家的煤井能百分之百保证安全?

黑风山煤矿公司老总鲍运来的脸色更是青一阵白一阵,愣了好一会儿才回过神来,结结巴巴地说:"雷县长,我知道您关心煤矿工人的生活,可我还没作过这方面的安排,下次我一定做好准备,带县长下煤井看看。"

"什么安排和准备?"雷县长的声音有点激动,"煤矿工人每天下煤井,你难道都没做好准备和安排?矿工能下煤井,我们就不能下煤井?"雷震廷接着说,下煤井的装备我都带来了,每人一套,大家准备一下,十分钟后跟我下煤井。

话说到这份上,这些老总只能硬着头皮去换衣服。不一会儿大家都来到入井口。这时,一个胖老总的手机响了,接电话后他就向县长请假,说家里七十岁的老娘突发疾病,让他赶紧回去。县长挥挥手,胖老总灰溜溜地走了。

雷县长带着这些公司老总下到了煤井。煤井底下,煤洞纵横交错,一位矿工带着这批特殊的客人穿行在煤洞中。煤洞又窄又小,灯光十分昏暗,脚下坑坑洼洼的,头顶不时掉下几滴冰冷的水滴。一路上,不时传出不知是哪个老总发出的惊叫声。

来到矿工作业面,听说是县长来检查,大家都停下了手中的活。一位老矿工跌跌撞撞地走到县长面前说:"你真的是县长?"雷县长点了点头。老矿工激动地说:"我下煤井五年了,就看到过组长。"

雷县长问他有什么要求,老矿工看着这些陌生人,张了张嘴

温暖的距离

巴却没说出什么，待了好久才说："我这把老骨头就豁出去了，咱不求什么，就求能够上班平平安安下井，下班平平安安升井。"老矿工的话赢得了煤矿工人的一致赞同。雷县长说："你们放心，今天我下煤井，就是为了抓好煤矿的安全生产。"雷县长的话音刚落，煤井深处突然传来一声沉闷的响声，昏暗的电灯也闪了几闪。

鲍运来一把抓住县长的手说："雷县长，有情况，赶紧往井口撤。"人群也一下子慌乱了起来。见到情况危急，雷震廷甩开鲍运来的手，站到高处大喊道："大家都别慌，煤井里情况复杂，如果乱跑，肯定走不出去。现在我们请老矿工带路，赶紧往井口撤离。"

雷县长的话让大家安静下来，老矿工带着一行人深一脚浅一脚地往井口撤离，快到升井处的时候，几位公司老总又争着想早点升井，有个老总还在升井处大哭起来。短短的几十分钟时间，他们经历了黑暗、恐惧……在场的人仿佛都经受了一场生离死别的考验。

矿工和参加会议的老总都平安升井。会议再次开始后，主席台上多了几位矿工代表。当着矿工代表的面，雷县长语气严厉："各位老总，安全生产是最好的效益。我不想看与你们签订的责任书，也不需要你们作什么书面承诺，我就希望你们老总能和矿工一样多下几次煤井。今天的现场会我是第一次下煤井，以后每到矿井检查我还要下煤井。"

雷县长的话音刚落，主席台上和站在门外的矿工们拍起了响亮的掌声。

第二天，雷县长特意给他的同学黄晓方打了电话，黄晓方就是老矿工的儿子,雷县长说谢谢老矿工说出了全县矿工的心里话。黄晓方说:"你县长都能下井,老矿工还有什么话不敢说?不过听我老爸说,他们矿工原想在电线上做点手脚,让这些老总尝尝恐惧的滋味,想不到不知那个煤洞发出了奇怪的响声,预想中的演练变成了真正的撤离。"

黄晓方问:"经历过这次意外的险情,你以后真的还要下煤井?"雷县长说:"绝对要下,因为我要让每个矿工都平平安安。"

怀揣一个梦想

那是一个春暖花开的日子,有个学校邀请我给学生们作文学讲座,讲到一半的时候,场上突然来了一位中年男子,穿着朴素的中山装,牛仔裤。古铜色的脸。我看见他走到一位学生旁边,静静地坐了下来,然后专心地听着我的讲课。中场进来的这个中年男子引起了我想象:是老师?觉得绝对不像。学生,不会有这么大年纪的。那么,这个神秘的听众究竟会是什么人呢?

文学讲座非常成功,在同学们热烈的掌声中,我的心里却在关注着那个特殊的听众。讲座结束的时候,我找了位老师,问他是否认识那位中年男子。老师笑着告诉我:中年男子是在学校门口摆摊的,卖点文具和小商品,听说也喜欢写点文章。

老师的回答更加激起了我对那位中年男子的兴趣。当我来到校门口走到那个中年男子的摊位前时,他显得有点局促不安:

"老师,我没打搅你的讲课吧?你的课讲得太精彩了。"我问他:"你也喜欢写文章?"中年男子回答我说:"是的,老师!"他像一个学生一样告诉我,三十多年前,他像这群孩子这般大的时候,他的语文成绩在班里是数一数二的,他的作文也经常被老师当作范文。我默默地倾听着他的述说,中年男子的话语里充满了当年的自豪。

　　我问:"那后来呢?"中年男子说,后来由于家境不好,自己中途辍学了,小时候的那个作家梦也渐渐远去。特别是走上社会后,生活的压力接踵而至。为了生活,他走南闯北,去过东北,到过新疆,跑过海南,靠经商和打工维持生计,直到前几年在学校附近摆了个摊位,生活才逐渐安稳下来。我问他为什么会来听我的讲座,他的回答让我为之一震:"因为我心中怀揣着一个文学的梦想。"

　　从中年男子的穿着和同我交谈的过程中,我渐渐了解到:他的生活依然是拮据的。穿着普通,做点小本生意,心中也似乎没有什么很远大的理想。这次听到学校邀请了一位作家来作文学讲座,竟然又引发了他心头的那个文学梦想,于是,他就成了一位特殊的听众。

　　"你以后还想写文章吗?"当我问他这个问题的时候,他终于放松了自己的表情,笑着告诉我:"那当然,我记住了你给学生讲的一句话:有梦想,路不远。"

　　怀揣一个梦想,中年男子的形象就这样深深地刻在我的脑海中。一个文学讲座,让一位年过半百的男人翻出了历经三十多年风霜雨雪的梦想。我不知道他走过了怎样坎坷艰难的人生旅途,也不知道他有过什么样的悲欢离合,但是,他心中的那个梦想让他走进了我的心中。哪怕他就是一个普通平凡的文学爱好者,因为他心中依然拥有一个美好的梦想。

临别中年男子的时候,我给他送了一本作品集,在书本的扉页上,我端端正正地写下了这样一句话:有梦想,路不远。

金子般的心

这个故事发生在什么年代已经无从考证。

江南郑家村有一位叫金子的小姑娘,金子聪明可爱,长得非常漂亮。10岁那年,金子在放牛回家的路上,拾到一个包袱,包袱包得严严实实,打开一层层的旧衣衫,最里面藏着一袋金豆子。小姑娘不知道这袋金豆子的价值,这是一位商人一生拼搏的全部家产。

回家以后,金子姑娘把整包金豆子交给父亲。尽管一颗金豆子可以让全家人过一辈子,淳朴的父亲还是没有留下一颗,他把金豆子全部交给了村里的族长。

几天后,当那位悲伤绝望的商人从族长手中接过那袋失而复得的金豆子时,他拿出一半金豆子感谢金子姑娘,但是,金子的父亲没有留下一颗金豆子。

商人怀着深深的愧疚走了,村里人也渐渐忘却了这件事。

半年以后,郑家村口鼓乐喧天,炮声齐鸣。村民看到商人带着几十位精壮汉子,抬来一块披红挂彩的大石碑,上面刻着金子姑娘拾到金豆子归还商人的故事,这是族长也未曾有过的荣耀。商人在村口建了座义亭,将石碑埋在义亭的南墙上。义亭落成后,商人请戏班子在村里演了六天六夜的大戏。

金子姑娘拾金不昧的故事不断相传,渐渐地,人们把郑家村称为义村。

数百年后,战争的烽火硝烟蔓延全国。一位将军带着士兵来到郑家,当将军走到村口到义亭歇息的时候,看到了那块石碑,肃然起敬,下令军队以义为重,不得烧杀抢掠,郑家躲过了战火的劫难。

千年以后,郑家村已经改名为义村。一位考古文学家来到这里,看到那块饱经风霜的石碑依然挺立在村口,他就写了一篇关于金子的文章,结尾写着这样一段话:世事沧桑,岁月如歌,义村里也许演绎过无数悲欢离合,生离死别;出现过许多达官贵人,风流名士;经受过多少风霜雨雪,飞沙走石。这些都像过往烟云,渺无影踪;唯有金子般的心,历经千年,光彩如初。人最可贵的,就是拥有一颗金子般的心。

伞

去上班的路上,就在我距离办公室不远的时候,雨突然下了起来,似乎应了那句"天有不测风云"的话语。

雨滴有点大,我打开了雨伞。父母时常关照我们要"晴带伞,饱带饭"。那天早晨,天灰蒙蒙的,看看手机上的天气预报:多云。不过,我还是习惯性地带了一把伞。女儿在外地工作,妻子也出差了,家中就我一个人,真的遇上雨,没有人会给我送伞。

雨细细密密的,透过雨伞,远处的山和树成了别样的风景。没走几步,我遇见了她。一个十多岁的女孩子,穿着红色的校服,肩上背着一只大书包,红扑扑的脸蛋,额前的几缕头发已经被雨淋湿了。她的脚步匆促,显然她没有带雨伞。

就在她和我相遇的一刹那,她用明亮闪烁的眼睛看了我一眼。我的内心一下子被触动了:"小朋友,你等等,这把伞你带去。"我知道,离这里最近的学校也有一二公里,没有雨伞,她肯定会被淋湿。

她停下了脚步,不信似的看着我,似乎在说:您把伞给我了,您自己怎么办?

"我就在前面那幢办公楼上班。"我把伞递给她。

她迟疑着接过伞,说:"您在哪个办公室?我明天就把伞送来还您。"

"808。"我对她说完,就小跑着和她分别,雨又大了许多。

第二天,我提早半小时到了办公室里,为的是那个女孩会来向我还伞。但是,一直过了上班时间,那个女孩却没有出现。也许那个女孩临时有事吧,伞也不急用,我这样想着。

第三天,第四天……日子过得很快,女孩始终没有出现,也让我对她前来还伞的事情逐渐变得淡漠。一把雨伞,就算送人,也不值多少钱。

三个月后的一天,我正在办公室写材料。随着敲门声,我看到门外竟然站着那个女孩,依然是红扑扑的脸,一双明亮闪烁的

大眼睛,她的手上拿着一把伞。

"叔叔,您的伞。"女孩笑着把伞递给我。

我接过伞,既意外又惊喜。意外的是过了这么长的时间,女孩还会来归还雨伞;惊喜的是女孩能够遵守她的承诺。

"这伞不是我那把。"我打开伞,发现竟然是一把全新的伞。

"叔叔,真对不起。您那把伞被我弄丢了。"小女孩眨着眼睛说。那天,到学校后,她把雨伞放在教室外想晾干,想不到放学的时候,不知道被谁拿走了。没了雨伞,她不敢来。上个月放暑假,她去街上捡废品,积攒了二十多块钱,买了新雨伞才送过来。"叔叔,谢谢您那天把伞给我。"她满脸灿烂的笑容。

我拿着那把伞,心中有种说不出的感动。二十多元钱对我来说并不算什么,但是,几分钱一个的塑料瓶,几毛钱一斤的废纸,我不知道这个小女孩为赚这些钱付出了多少的艰辛和努力,为的仅仅是守住她心中的那份感恩。

我擦了擦眼角,问她:"你叫什么名字?"

"叔叔,我叫叮当。"

"你爸妈呢?"我又问。

"我爸爸在城里骑三轮车,妈妈在菜市场里卖菜。"女孩说着开心地向我道别。她走了,背后的两条小辫子欢快地跳动着,走廊上留下了她一串银铃般的笑声。那背影,那笑声,一直留在我的心底里。

信义堂

刘天明穿过一片废墟,走进那幢被称为"钉子户"的两层小楼,看到一个老头正蹲在地上,"吧嗒吧嗒"地抽着旱烟。看到有人进屋,老头抬头看了刘天明一眼,依然低头抽他的旱烟。

刘天明是这块土地的开发商,他准备在这里开发建造一个大型的商贸广场。这块地除了这幢叫信义堂的药铺,其余的房子都已经拆除了。为了这幢房子,协商、求情、恐吓,刘天明把能用的手段几乎都用上了,房子的主人钱刚——一个脾气倔强的老头嘴里就嘣出两个字:"不搬。"刘天明只能亲自出马。

"老钱,你把信义堂拆了,除了补偿,我多给你这个数。"刘天明举起一根手指头。他从不轻易举手指头,知情人知道,那根手指头一举就是一百万。

"我不要钱。"钱刚顿了顿,"别说一百万,就是出一个亿我也不搬。"

"为啥?"

"就为了这牌子。"老头指了指悬挂在门楣上的那块"信义堂"牌匾。刘天明说:"里面有故事吧,能说给我听听吗?"

"行。"钱刚点了点头,打开了话匣子。信义堂是他爷爷创办的,那年,爷爷从上海学医回来,途中遇到一个惊慌失措的中年汉子,说有人要追杀他,让爷爷代为保管一个包袱。两人相约第二

天中午在那里再次见面,相约的暗语就是"信义"两字。可是,爷爷在那里等了半个月,却依然等不到那个中年人。爷爷打开包袱,里面竟然藏着10根黄灿灿的金条。回乡后,爷爷就开起了信义堂药铺。他想,看到信义两字,也许那中年汉子会来取回他的金条。爷爷就这样一直守着信义堂药铺,日本鬼子进城那年,大伙都劝爷爷逃生,可爷爷还是没有走,结果惨死在鬼子的屠刀下。后来,他父亲凭着精湛的医术又重振了信义堂。钱刚说:"信义堂做的不仅仅是生意,信守的是一分承诺,我要守住这份承诺和责任。"

听完钱刚的话,刘天明的内心深处被深深地震撼了。信义堂这个百年老药铺,不仅有着治病救人的善行,而且还包含着三代人忠贞不渝的信义,那是任何金钱都无法可以买卖的。

刘天明回到公司后,立即安排设计人员重新更改了规划方案。新方案把信义堂整幢房子进行整体搬迁移位,不仅保留原貌,而且把信义堂融入整个广场中。这个方案得到了钱刚的赞同,广场工程启动建设。

一年后,整个广场顺利竣工。当秘书把重金征集的几个广场名字摆在刘天明面前挑选时,他不假思索地选择了这样四个大字——信义广场。

书法家

柳依云拿到了副市长陈天敏的书法作品。陈天敏的书法几年前就已经很有名气,被人称为书法家,大街小巷经常可以看到他的题字。

柳依云回到老家十八弯,把陈天敏写的字幅展开来给村里人观看,堂叔堂伯们就议论开了:

"天敏这字写得就是好,小时候我就看他会出有息的。"

"是呀是呀!瞧'天'字这一撇一捺,力道遒劲,气势恢宏,我看他还能上。"

有人问:"依云,你写这幅字花了不少钱吧?"

柳依云如今是一家建筑公司的老总,他拿出中华烟,给在场的每个村民发了一根,笑笑说:"天敏虽然当了副市长,可他还是咱老乡嘛。我就请他吃了顿饭,没花啥钱的。"话虽这么说,可柳依云还是有点心痛:为了这幅"天道酬勤"的字幅,他在五星级酒店订了一桌。不过,他听说陈天敏的书法已经练得炉火纯青,市场拍卖价每张都在上万元。

就在柳依云想收起字幅的时候,进来一位脸色黝黑的老头,他是天敏的堂兄陈天实。小时候,受到陈家爷爷的熏陶,他经常和天敏一起练书法。后来,陈天敏考上大学,大学毕业后走上了仕途。而陈天实却高考失利,如今依然是和泥块子打交道的

农民。

陈天实走到那幅书法面前,仔细端详着字幅,沉默了许久,摇了摇头说:"我看这字不怎么好。"

柳依云听了,吐了一口烟,对陈天实说:"早听说文人相轻,想不到天实你也一样。"说罢卷起了字幅。村民一看陈天实冲了兴致,都讪笑着离开了。

柳依云离开山村的时候,陈天实也写了张字幅给他,字幅上依然是"天道酬勤"四个大字。柳依云礼貌性地说了句谢谢,回家后就把字丢进了抽屉里。

陈天敏又上调了,他的书法作品价格也自然涨了不少。柳依云的办公室里,端端正正地挂着陈天敏的那四个大字,每次有客人来的时候,他就向客人介绍天敏这位老乡,他的生意做得风生水起。

两年过后,柳依云走在大街上,突然看到城里最大的"天香楼"酒店正在摘牌子,他心里一惊:天香楼是陈天敏题的字,难道天敏出事了?

果然,没过多久传来了陈天敏被双规的消息,城里那些以天敏题字引以为豪的店铺纷纷换下了招牌,天敏的书法没多久就消失了。柳依云公司的生意也渐渐衰退,尽管他早已撤下陈天敏的那幅书法。

十年后,柳依云的建筑公司东山再起,就在公司总部搬迁到省城之际,他特意派专车来到十八弯村,接走了老实巴交的陈天实,人们不知道柳依云的葫芦里卖什么药,陈天实也怀着忐忑不安的心情来到了省城。

在盛大的开业典礼上,人们也在猜测公司老总怎么会邀请这样一个貌不惊人的老头,就在大家纷纷猜测之际,柳依云叫人拿来纸墨,让陈天实现场挥毫写字。说到写字,陈天实神清气爽,他提起毛笔,饱蘸浓墨,"天道酬勤"四个大字一气呵成。现场的电视台、报纸记者立即结合天实老人书写的四个大字,对柳依云的公司进行了全面报道,陈天实的书法一夜之间名震省城。

公司庆典结束后,柳依云把陈天实请到家中,两人把盏相饮。陈天实了解到:柳依云在建筑公司走入低谷时,没有自暴自弃,而是把他那幅"天道酬勤"的书法挂在卧室里,靠着不懈的努力,挺过了难关,使公司重新恢复元气。

"那你为什么要请我现场写字?"陈天实不解地问。

柳依云钦佩地说:"你默默写了五十多年的字,我想让家乡有个真正的书法家——"

陈奂生下村

县城有个名叫陈奂生的人,长得牛高马大。他前几年在棉纺厂上班,生活过得舒适安逸。在厂里上班的时候,他也是个"被知名"人物。为啥?中学课本里有篇《陈奂生上城》,很多学生的记忆中都有陈奂生这个精彩人物。于是,厂里的员工经常对陈奂生说:"陈奂生,你怎么进城啦?"陈奂生听了哈哈一笑:"进城咋啦?我早在县城安营扎寨了呢。"谁知好景不长,棉纺厂倒闭了,陈奂生只能下岗。

这天,陈奂生正在上网,QQ中突然跳出一条信息,有人要加他为好友。陈奂生一看,对方是个女的,就同意了。两个人聊起天来,对方说她叫柳桃红,是桃花岭脚村的村主任,想借借陈奂生的名气。陈奂生说:"我没什么名气啊!"柳桃红说这不要紧,只要答应就行,她会付报酬的。陈奂生正为钱发愁呢,没说几句便同意了。

第二天一大早,陈奂生的集资宿舍楼下来了一辆宝马车。车上下来一位中年妇女,她说她就是柳桃红,请陈奂生去他们村看看。陈奂生想,自己大男人一个,还怕被人骗了不成?就上了柳桃红的车。

宝马车开出县城,没多久就上了蜿蜒曲折的山路。翻过几道山,陈奂生突然眼前一亮,只见成片的四季豆、黄瓜等蔬菜,有的开着花,有的结了果,长得生机蓬勃。远处是一幢幢绿墙红瓦的新楼房,就像一幅幅优美的风景画。柳桃红告诉陈奂生,这是她的家乡桃花岭脚,这几年村民依靠发展高山蔬菜,走上了富裕之路。陈奂生一听惊呆了,小时候,他跟一位朋友来过桃花岭脚,在他的记忆中,除了村口几株盛开的桃花,就是破旧的瓦房和走不完的山路。可现在,桃花掩映下的村庄竟然比人间仙境还要美上十分。

柳桃红带着陈奂生走进一幢新楼房,里面坐着十多个人。柳桃红把门一推开就说:"我把名人给你们请来了。"里面的人都鼓掌欢迎。陈奂生坐稳后,柳桃红说,两个月后,省电视台要到村里拍摄专题片,他们就想借机把桃花岭脚的高山蔬菜打出品牌,因此想请陈奂生为他们村做形象代言人,代言费先付两万元,假如代言成功,还将为他准备一份特殊的礼物。陈奂生一听,这真好比打瞌睡遇上送枕头的,他下岗后正为找不到工作发愁,这轻轻松松就能拿到钱,他想都没想就答应了。

从那以后,陈奂生天天下村去桃花岭脚,有时候去村外欣赏桃花,有时候去田头看看蔬菜,村里的摄影师则围着他转个不停。没多久,一部陈奂生高山蔬菜的专题宣传片开始在各级电视台播放。随着专题片的播出,陈奂生高山蔬菜成了桃花岭脚村的一个蔬菜品牌。意外的是,专题片中美丽如画的山村风景还吸引了很多城里的游客,陈奂生建议柳桃红办起了陈奂生山村旅游,又是非常火爆,给桃花岭脚带来了又一条致富之路。

两个月后,省电视台来到桃花岭脚拍摄改革开放成果特色村专题片。当柳桃红请出代言人陈奂生时,那一身朴素的农民打扮,深深地吸引了导演。导演问陈奂生是不是城里人,陈奂生点了点头。导演又问:"你作为城里人,为什么会来到桃花岭脚这个山村?"陈奂生回答说:"如今的农村,在各级政府和部门的支持下,大变样了。我这个城里人还梦想着到这里来安家落户呢。"

这时候,柳桃红拿出一个大红的证书说:"陈奂生,上次我答应送给你一份礼物,现在我代表桃花岭脚全体村民向你兑现承诺。"

陈奂生接过那个证书,打开一看,上面写着"授予陈奂生同志为桃花岭脚村荣誉村民"几个大字。陈奂生笑了,他的笑容定格在摄像机的镜头里,看上去是那么的阳光灿烂。

雪　夜

雪大团大团飘落下来的时候,房管处的赵大鹏主任和杨志明正深一脚浅一脚地走在去城东楼婆婆家的路上。昨天,气象台发布冰寒和暴雪橙色预警的时候,赵大鹏就在心底里把要走访的危房户在脑海里过了一遍。赵大鹏到房管处工作已经八年了,一遇刮风下雨,心中最记挂的就是城区那几十户危房户的安危。

"赵主任,您已经走了一天了,今天又是您母亲八十大寿,楼婆婆家您就别去了。再说,现在都快下班了,您回老家还得走十多里山路呢。"杨志明踩着积雪,对赵大鹏说。

赵大鹏看看不断飘落的雪花,说:"小杨,几次去楼婆婆家,她老人家好像都只有一个人。安全工作无小事,你看,这雪都有十多厘米厚了,她那老房子可不能掉以轻心啊。"

话还没说完,赵大鹏的手机响了。电话一接通,那边就响起了迫切的声音:"大鹏,你不是请假了吗?怎么还没到家?妈和家里的亲戚就等您一个人了。"

"是英英啊,我还要工作呢。"赵大鹏听出了妻子话语中的不满。

"工作?缺了你地球不会不转吧。你母亲的八十大寿,你这当儿子的不到场,全村人都看着呢。跟你说句实话,要不是看在亲朋好友的分上,估计母亲的脸早黑了。"

"英英，妈妈那里你帮我说说好话。"赵大鹏最怕母亲黑脸。他父亲去世得早，是母亲辛辛苦苦把他拉扯大的，他母亲一黑脸，不吃不喝，也不说话，这比拿刀子扎他还难受。

"废话少说，听说进村的山路都快被雪封住了，你赶紧回来。"妻子给他下了最后通牒。

"我尽快，尽快——"赵大鹏答应着。

挂上电话，楼婆婆家已经到了。赵大鹏敲了敲门，里面竟然没有回应。"楼婆婆——，楼婆婆——"杨志明大声喊叫着，也听不到一丝动静。

赵大鹏心头一惊：难道楼婆婆被亲戚接走了？

"主任，门没锁呢。"杨志明用力一推，门竟然开了。

"不好，快找找楼婆婆。"赵大鹏仿佛有预感似的。赵大鹏来过这里很多次，楼婆婆附近的人家都搬走了，这里就住着楼婆婆一个人，平常的时候，老人家也不太外出。

"主任，楼婆婆昏倒了。"毕竟年轻人动作迅速，杨志明打开一二楼的一个小房间，看到里面生着一个煤炉，老婆婆浑身瘫软在床上。

"是煤气中毒，你赶紧拨打急救电话。"赵大鹏赶忙打开窗户。

没几分钟，救护车赶了过来。医生立即对老人进行了急救，由于发现得早，老人并没有生命危险。原来，楼婆婆在门窗紧闭的房间里生了一个火炉，引起了二氧化碳中毒。

当楼婆婆醒过来后，赵大鹏拿出电话，才看到手机中有十多个未接电话。

赵大鹏赶紧回拨了电话："你到了没有啊，妈在等你切蛋糕呢。"妻子那边的火气更大了。

"英英，今晚我赶不过来了。"赵大鹏对妻子说，"你跟妈说声对不起。另外，昨天晚上我录了一段视频，已经用微信发你了，你放给妈妈看看。"

英英把丈夫的视频交给了婆婆，视频不长，赵大鹏的几句话却让在场的人感动不已："妈妈，真对不起，我不应该缺席您的八十大寿。但是，我是一名干部，雪灾面前，我得挑起肩上的担子。"

"赵大鹏，你也给楼婆婆过个生日吧。"看完视频，母亲给赵大鹏打了电话，"你工作忙，妈不怪你。"

挂断电话，赵大鹏拿出一百元钱递给杨志明："小杨，你去买几碗长寿面，今晚我们就在楼婆婆家加餐。"

"好哩——"杨志明迎着风雪走了出去。外面的雪依然在下，楼婆婆家中的灯光亮堂得很，那灯光透过窗户，照得很远。

一杯咖啡

这天傍晚，楼大伟到一家餐厅吃晚饭，这是县城一家档次比较高的餐厅。就在楼大伟坐在餐厅里一张桌子旁等饭吃的时候，餐厅里进来一个穿着黄马褂的中年男子，他一边四处张望，一边用衣袖擦着脸上的汗水，黝黑的脸上满是焦急的神色，仿佛在找什么人似的。中年男子转了转，很快走了开去。

不一会儿，服务员微笑着端来了楼大伟的饭菜。当楼大伟拿起筷子的时候,那个中年人又转过来了。楼大伟看着那个中年人,感到有点奇怪。看样子这个人像县城里拉三轮车的人,肯定不会到这样的地方吃饭,也许是哪位客人没付车钱,他来找客人要钱的吧。正想着,中年人又转了出去。

伴随着餐厅里柔和的轻音乐,楼大伟的晚饭吃得很香。就在楼大伟快吃完的时候,那个中年人又出现了。他看到楼大伟对面的一张桌子前还有空位,一屁股坐了下去。旁边两位靠坐在一起的恋人,目光冷冷地看着这个不速之客,却也无可奈何。

中年人从口袋里摸出半包皱巴巴的烟,掏出一支,"啪"地一下用火柴点燃了,自顾吸起烟来。看着他吞吐烟雾惬意的样子,楼大伟突然想起老家的叔叔,一位四十出零的中年男人,他也在这座小城里拉黄包车,整天奔波在日晒雨打中,维持着一家人的生活。想到这里,大伟心中一动,向服务员招了招手,给她十元钱,为这个中年人送上一杯热咖啡。

当那位服务员把热咖啡送到中年人面前时,中年人显然吃了一惊,从他惊慌失措的表情中,楼大伟看到他在向服务员急切地了解是谁给了他这杯咖啡。只见他掐灭了香烟,端起杯子慢慢地喝了一口,突然几步来到楼大伟面前,"扑通"一下跪在楼大伟面前。楼大伟一下子不知所措,没有人会想到,给别人一杯咖啡,竟然会有人向他下跪。

楼大伟急忙搀扶起那个中年人,让他在旁边坐下来,待他慢慢平静下来后,他向楼大伟倾诉了一切。他说自己是个没用的男人,没有文化,没有本事,只能靠拉三轮车勉强赚点钱。上个星期,他好不容易赚了点钱,把待在农村老家的妻子接到城里来玩几天,想不到遭遇了车祸,妻子身受重伤,肇事司机跑了。听旁人说,那个肇事司机就是在这家餐厅吃晚饭的。为此,他除了到医院伺候妻子,就来这里打听,可是,没有一个人愿意出来作证,也没有人相信他。今天,因为没钱,妻子面临断医断药,他也不想再活下去了。说到这里,中年人已经泪流满面。餐厅里的人也不胜感慨。

中年人哽咽着说:"兄弟,如果不是那杯热咖啡,让我感到世界上还有好人,我的心已经冷了。"说着从裤袋里掏出一瓶黑乎乎的东西,打开瓶盖,一股浓烈的汽油味飘了出来。

楼大伟急忙拿过那个瓶子,劝他要好好生活。餐厅的经理得知情况也赶来了,当场表示愿意捐助5000元钱,旁边围观的人听了,也纷纷拿出几十、几百元钱,捐给那个中年人。拿着那沓钱,中年人感激地不知说什么好。

走出餐厅的时候,楼大伟想了很多很多,也许改变人生命运的,可能就是一杯咖啡。

眼　睛

刘天浩是建设局局长,他的办公室有两样非常奇怪的东西,一是有只水晶烟灰缸,上面雕着一只睁得大大的眼睛;还有就是他的座位后面,拉着一道厚厚的窗帘,很少有人知道那里面藏着什么。有人说里面是个金窝藏娇的密室,也有人说里面挂着一幅名家字画。猜归猜,可很少有人知道那里面的秘密。不过,在人们口中,刘天浩是位清廉局长。

"清廉局长?"山水建筑公司总经理黄大刚一听这话就撇了撇嘴。黄大刚做工程多年,逢山开路,过河搭桥,用金钱美女过了不少关口,也赚了不少钱。最近县里推出的幸福路工程,投资三千万元,假如能把这项工程弄到手,利润自然可观。可奇怪的是,几个项目经理活动了个把月,没有一点有用的信息,眼看工程投标的日期越来越近,黄大刚决定亲自出马。

黄大刚提着公文包来到刘天浩办公室。看到黄大刚,刘天浩热情地为他倒上了热茶。黄大刚说声谢谢后,递上一支烟,刘天浩摆了摆手,然后把桌子上的烟灰缸送了过来,黄大刚一看,差点吓了一跳,只见烟灰缸上刻着一只栩栩如生的眼睛,仿佛正在瞪着他,似乎要把他的内心世界也看个透彻。看到黄大刚发愣,刘天浩笑笑说:"不好意思,烟灰缸拿反了。"说着把烟灰缸调了个面。没了那眼睛,黄大刚缓过神来:"刘局长,你这烟灰缸可不寻常吧。"

刘天浩笑笑说:"送的,是个无价之宝啊。"

黄大刚一听,心头琢磨开了:什么清廉局长,连个烟灰缸也是无价之宝,胃口大着呢。想到这里,黄大刚拉开公文包,从里面拿出一个信封递了过去:"刘局长,前几天有几位画家朋友过来散心,我顺便叫他们画了一张清风听荷图,今天我借花献佛。"刘天浩没有接那个信封,说:"黄经理,我整天忙于事务,哪有心思去看荷赏莲啊,这墨宝还是你自己留着吧。"

碰了一个软钉子,黄大刚想,刘天浩也许不喜欢字画,他把那个信封收了起来。就在这时候,刘天浩的手机响了,刘天浩说了声抱歉就走到办公室门口接电话去了。

不一会儿,刘天浩打完电话回到办公室,黄大刚似乎有点紧张,脸色也不太自然,不过他很快恢复了平静。黄大刚说了一些建筑工程方面的事,然后准备起身告辞。这时候,刘天浩说:"黄大刚,你把什么东西忘在这里,你就自己带回去吧。"黄大刚拍拍手上的包说:"你这办公室里,我哪敢忘什么东西呢?来时一只包,回去还是一只包。"刘天浩笑笑说:"别狡辩了,都有眼睛看着呢。"说完,走到窗边按了一下开关,墙边的一台监控录像里,黄大刚的动作看得清清楚楚:在刘天浩走出去的刹那间,他快速从包里拿出一包东西塞进了办公室桌子的抽屉里。

刘天浩打开抽屉,看也不看就把那包东西塞给黄大刚:"黄经理,你想做工程的迫切心情我可以理解。但是,作为一个正规的企业,要想发展,靠的是实力和诚信,而不是投机取巧。"刘天浩说着从桌子上拿起那只烟灰缸:"你知道我为什么把它当作无价之宝吗?这是我父亲留给我的礼物。"

刘天浩说,他的父亲是个刚正不阿的检察官,在同一个黑恶集团的斗争中,父亲遭遇了毒手。临终之际,父亲把这个烟灰缸放在他手上,父亲告诉他:无论在那里,总会看着儿子的一举一动。因此,刘天浩无论在什么工作岗位上,总是让"父亲"这只眼睛每时每刻地看着自己,勤奋工作,清廉从政。

说到这里,刘天浩走到办公桌后边,拉开了那道厚重的窗帘。里面竟然是一道玻璃幕墙,透过玻璃窗,后面是个大大的广场。刘天浩说:"我的前任局长在这个办公室里,背靠着厚实的墙壁,做了许多你知我知、天知地知的事,结果被检察院查处了。如今,我把办公桌换了个朝向,我会让身后的千百双眼睛看着我——"

听完刘天浩的话,黄大刚愧疚地说:"刘局长,请您原谅我的冒昧。今后我一定守法经营,用心把企业做好,也请你能做我背后的一双眼睛。"

一棵树的风景

那是三十年前的一个冬季,年轻气盛的我闯进了那座陌生的县城。走在小城窄窄的老街上,过往的市民从我身边匆匆走过,如同奔腾不息的水流流过我的身边,我感到说不出的孤独和失意,心中自然而然地生出一份悔意:走出生我养我二十年的山村,面对的是前程未卜,这一步我是不是走错了?

街边的一则小广告吸引了我的目光:招聘办公室人员一名。我立即循着上面的地址找到了那家处在城郊的公司,肥头大耳的公司老总眯着眼扫了我几圈,点了点头。我心中的石头落了地:好歹有了个安身之所,凑合着过日子再说。

我的办公室坐落在一排低矮的一层楼房里。说工作,也不过是写点材料什么的。说真的,每次走进办公室,我的心境就像那办公室的环境一样,昏暗而又低迷。我向往明媚的阳光和多彩的世界,但是,那间小小的办公室,隔断了我多姿多彩的梦想和希望。

我隔壁的办公室里坐着一位鬓发斑白的老先生,整天戴着一副老花眼镜,什么事情都很认真。老人姓方,我和他相见时对他很礼貌地打招呼,但他似乎并不领情,好几次还在胖老总面前指出我工作中的错误,结果我被胖老总骂了好几次。每次挨骂后,我心中就诅咒着:死老头,多管什么闲事啊!

　　工作不顺,环境不好,我的心情坏得能够拧出水来。看到隔壁老方每天乐呵呵的模样,我百思不解,总是想不通有什么事值得他开心的。有一天,我突发奇想:要看看他在做什么,假如发现他有什么闪失,也好到老总那里去告一状,让他吃不了兜着走。

　　说干就干,工作之余,我开始悄悄留意老方的一举一动,果然还真让我发现了一个秘密:老方经常拿着一架照相机,朝着窗外在拍着什么。我朝窗外看看,外面除了几棵光秃秃的小树,似乎什么也没有。为了了解老人奇怪的举动,在下班没人的时候,我特意来到办公房的后面,除了几棵树,还是没有发现什么。

　　老方有空的时候,依然在办公室摆弄他的照相机。我心中却多了一个谜团:老方在干什么呢? 几棵光秃秃的小树,值得他花那么多心思去拍?

　　不知不觉,冬天就这样过去了。在一个初春的日子,老方突然叫我:"小张,快来看看,海棠有花蕾了。"我走到老方的办公室,窗外依然是那几棵光秃秃的小树。老方却欣喜地打开照相机。透过放大镜,照片中的小树枝上绽放出了粉红色的小花蕾,在暖暖的阳光下,好一幅生机盎然的景象。

　　那天,我向老方说起心中的疑惑,老方笑了。老方告诉我说,他是个身患绝症的人,两年前医生就给他宣布了"死刑",开头几个月,他的心情很差,可生活还得继续过下去。于是,在做好工作的同时,他每天观察窗外的那几棵海棠花。发现它们的美丽后,还买了照相机拍摄窗外的风景。渐渐地,他每天拍摄窗外的那几棵小树。老方说着翻出一本影集:看着里面的上百张照片,不同光影下的几棵小树在春夏秋冬中展现着不同的风采,令人感到一种说不出的美感。

老方说:只要你肯努力,只要去发现,人生路上,任何时候都会有不同的风景。

老方的话让我幡然醒悟:人生路上,假如窗外的几棵树都能成为风景,那么,花落花开,云卷云舒,人生何处会没有风景呢。我还有什么理由自我沉沦?

走出老方办公室的一刹那,我感到从未有过的轻松。老方把窗外的几棵树当作一种风景,看它叶生叶落,花开花落,沐风淋雨,春去春回,这是多么快意人生的崇高境界。人生路上,处处有坎坷,唯有直面困难努力前行,把一棵树当成风景,前行的路上才能一往无前。

三年后,我离开了那家公司。告别老方的时候,老方还是送了我那句话:只要去发现,人生任何时候都会有风景。从那以后,我一直铭记着老方的这句话,在人生路上坚持不懈地追寻着自己的梦想,努力着、追求着、快乐着。

阿贵回村

阿贵在省城一家外贸公司当门卫,别看他整天守着大门,可他凭着在城市打工,比起那些在老家与泥疙瘩打交道的老乡,日子过得挺满足。阿贵的老家在十八湾,那是一个地处偏僻的山沟沟。前些时候,他听说村里来了一位叫骆晓天的大学生村干部,他一听就笑开了:"一个黄毛小伙子有啥能耐?十八湾还能变出啥花样?"

这天,阿贵正在看报纸,突然他的手机里收到一条短信,阿贵打开一看,上面写着:"阿贵叔:欢迎您回家乡创业。骆晓天"阿贵当即手一按,把短信删了。

阿贵清楚老家的情况,他年轻的时候,村里发展竹笋,结果长在地里没人要。后来种植蔬菜,第二年菜价便宜,卖掉一车菜还不够去城里的运费。折腾了几回,阿贵干脆就跑到省城打工,才赚了点钱,替儿子娶了媳妇。阿贵想:我凭啥相信一个毛头小伙子?

没过几天,阿贵接到了儿子晨晨的电话,说想回到村里去创业。阿贵一听就朝着电话嚷开了:"你别昏了头,咱那山沟沟有啥业好创?别去听那个什么村干部瞎吹。"

"爸,你怎么这样说人家呢?前些日子,我回了趟老家,变化大着哩。我看晓天这村干部当得实在。"阿贵坚决地说:"不行,为了让你进城,我花了不少心血,现在多少农村人想往城里挤啊,你别把好好的工作给弄丢了。"阿贵还想多说几句,儿子在电话那边含糊了几句就把电话挂了。

时间不知不觉地过去了几个月,阿贵也没把回村当件事。就在阿贵以为没啥事的时候,电视上的一条新闻让他吓了一跳。他在新闻里看到:十八湾村成立了农家乐旅游开发公司,剪彩仪式上,他还看到儿子晨晨也站在主席台上。他连忙拨打晨晨的手机,儿子那边却没人接电话。

这一下,阿贵急了。他连忙找出了村委会老主任的电话,电话一通，阿贵就问村里的情况。老主任笑呵呵地说："现在的年轻人有闯劲啊，咱村要大变样了。"阿贵一愣："老主任，你当了二十多年的村干部，你不会忽悠我吧。"老主任笑得更厉害了："你还是回来看看吧，你儿子几个月前就已经回村了，他还是开发公司的副总经理呢。"

阿贵挂断电话，急忙向公司请假赶回了老家。一下车，阿贵就看到村口挂着一张新农村建设规划图，漂亮的新房坐落在粉红色的桃花丛中，村前屋后，流水清澈，仿佛是世外桃源。

"爸，这么快就到了。"晨晨来接他了。

阿贵看到儿子，有许多话想问，可又不知从哪里说起。晨晨说："爸，反正回来了，你就住上几天，到村里转转。回家的事，我再跟你解释。"

阿贵在村里住了三天，他渐渐明白了事情的原委。原来，骆晓天是晨晨的高中同学，骆晓天到十八湾当村干部后，俩人碰巧遇上了。两个年轻人很快就融合在一起。他们想到，很多城里人生活好了，追求原生态的山水农家生活成了时尚。因此，他们把十八湾的风光美景拍摄成专题片，吸引了一位企业家的眼光，决定投资开发，并很快启动了建设。如今，绵延的竹海，连片的玉米林、艳丽的桃花林这些景点已经吸引了不少游客，省城一家婚庆公司还把这里当作原生态的摄影基地。随着十八湾的开发，这里将变成原生态的山水农家游览胜地。

看着村里红火的建设场面，阿贵心里暗暗赞叹儿子有眼光。他想，农村是个广阔的天地，只要找准目标，肯定可以创一番事业。

离开十八湾那天，阿贵也认识了骆晓天。听着骆晓天和晨晨描绘的十八湾村蓝图,阿贵心里也在思考着:是该回到家乡了,因为这里是他最牵挂的故乡。

名　人

　　山清水秀的桃花坞村有两个名人,一个是村东头的周翠花奶奶,一个是村西头的李大槐。两个人出名的方式也相同,都是因为钱,不过周奶奶是缺钱,而李大槐是有钱。

　　李大槐有多少钱,村里没人能说得清楚。李大槐年轻时是个泥水匠,头脑活络,他上县城去省城,从小包工头做到企业集团董事长,气派的建筑公司让许多村里人望而却步。有人说他的资产超千万,也有人说他的公司市值数亿,总之一句话,李大槐钱多。

　　周奶奶缺钱,不是一般的缺。十年前,周奶奶的丈夫生病住院,花了好几万元钱,把家里的积蓄全花了,就差卖房子了,她丈夫还是没能留住。让她雪上加霜的是,丈夫刚去世,儿子又被查出肝癌。

　　为了救儿子,周奶奶从村东头跑到村西头,又把能走的亲戚都走遍了,钱还是不够。周奶奶就去省城找李大槐。才见面,李大槐拿出一万元钱交给周奶奶,第一句话说这钱别还了。第二句话说:家大业大,公司还有上千人等着发工资呢。周奶奶接过一万元钱,听出了话外之音,写了一张一万元的欠条走了。

　　周奶奶把能想的办法都想尽了,儿子还是撒手离开了人世。

儿子除了留给周奶奶一句"妈妈,下辈子我把钱还您"的话外,还留下了一大沓欠条,那是二十多万元的欠债。

桃花坞的人都以为借给周奶奶的钱是打水漂了。想不到冬天一过,周奶奶从病床上站了起来。村里闲置的土地,周奶奶要了,种菜种粮;村口几间空闲的房子,周奶奶租了,养猪养鸭。看着老人披星戴月地劳作,有村民劝她,别把老命给折腾没了。周奶奶笑笑:"欠别人的钱,该还!"话不多,却掷地有声。

周奶奶就这样赚点钱还点债。一年复一年,周奶奶收回了一张又一张欠条。七年过后,周奶奶居然把大部分欠条收回了,债也快还清了。

这天,周奶奶拿着一万元钱准备去省城,找李大槐还钱。就在这时候,好多在李大槐公司工作的村民灰头土脸地回到村中,说李大槐失踪了。大家都不敢相信:这么有钱的人怎么会失踪?有个知情的村民说:李大槐曾经拥有几亿资产,半年前筹资十多亿拿下一个房地产开发项目,想不到房价下跌,公司资金链断裂……

周奶奶找不到李大槐,把一万元钱捐给了村里的两个孤儿。得知消息的记者赶来采访,意外发现了周奶奶替子还债的事迹,周奶奶很快爆红,各种荣誉纷至沓来,成为桃花坞及当地诚实守信的楷模。

没多久,一家省报发表了周奶奶还债的感人事迹,而在这张报纸右下角一个不起眼的角落里,刊登着法院发布的老赖排行榜:李大槐排在第一位。

桃花坞编写村志的时候,村东头的周翠花奶奶因为各种荣誉而占了好几个页面;而村西头的李大槐因为欠债让桃花坞蒙羞,其简介寥寥数语:曾办过建筑公司,后倒闭。

老爸下乡

缪天明一家人从桐庐江南镇搬进省城已经二十多年了,回老家的次数也越来越少。可奇怪的是,年近八旬的老爸却不知什么原因,越来越喜欢下乡了。前两天还提出让缪天明把老家那两间旧房子修缮一下,缪天明说:"爸,你不是不喜欢老家么?花那些冤枉钱干啥?"老爸却一下子火了:"你不修,我自己去修。"

缪天明知道,老爸对故乡是有排斥情绪的。他老爸年轻时在村小学教书,被划为右派受过批斗,为此,跟村里好多人结下了不解之仇。后来,老爸的冤案得到纠正,但心头那个结始终没有解开。特别是缪天明在省城买房安家后,父亲也搬来城里,老家的大小事务都交给缪天明打理,很少理会老家那边的事情。

让缪天明意外的是,半年前,他老爸突然接到一个电话,独自一个人去了一趟乡下。从那以后,他老爸隔三岔五要去乡下,回来后还"咿咿呀呀"学起了唱歌,真不知老人葫芦里卖的是什么药。

这天,老爸说要去趟乡下,缪天明说自己刚好也要回老家办点事,就让老爸搭个顺风车。

车到桐庐江南镇荻浦村口,老爸就让缪天明停了车,自己一个人下车往村里走了。缪天明开车转了几个弯,悄悄停好车后也往村里走。其实,他今天就是想看看老爸来乡下干什么。

荻浦村里人来人往,十分热闹,村民家家户户像过节一样。缪天明觉得奇怪,他到过不少乡下的村庄,大多数年轻人都到城里打工了,留下的都是一些老人和孩子,村子里很是冷落。这既不过年又不过节的,荻浦村却是十分热闹。

缪天明随着人流来到保庆堂,这里是新修的文化礼堂。在铿锵的锣鼓声和美妙的音乐中,一场别开生面的演唱会正在这里举行。透过流动的人群,缪天明看到老爸一会儿拉拉二胡,一会儿和村民交谈,还不停地在本子上记着什么,十分开心。看到老爸那开心快乐的样子,缪天明心里也有种说不出的快感:这热热闹闹的乡村,让他回想起少年时代老家演村戏的情景,那闹猛而又幸福的场景,至今依然历历在目,青春快乐而又充满幸福。

快到中午的时候,缪天明给老爸打电话,老爸说就在村里吃中饭了,吃完饭再去接他。

挂上电话,看着身边熙熙攘攘的人流,缪天明觉得自己像个局外人,是呀,在大都市待久了,久违的乡村似乎变得陌生了。而眼前的这一切让他倍感熟悉和亲切。

吃过中饭,缪天明去接老爸,老爸说时间还早,想去环溪村的爱莲堂看看。缪天明陪着老爸又去了环溪。一路上,缪天明说起农村文化礼堂的话题,老爸的话匣子一下子打开了。他说,故乡在他的心中一直是个打不开的结,特别是久居都市,看了许多乡村留守老人和儿童的报道,对故乡的情感也日渐疏远。想不到半年前,遇到一位多年不见的老友,两人一起参加了石埠村的文化礼堂活动,那熟悉的乡音乡情,一下子打开了他尘封多年的心扉。

老爸告诉缪天明,江南镇的文化礼堂内容丰富,多姿多彩。

山水青源、孝义荻浦、水韵横山埠、鹤翔凤鸣、耕阜石阜、好客前村等农村文化礼堂活动，让他感受到桐庐乡村的美景和亲情，而江南镇举办的"最美江南人""十佳好媳妇"等评选活动，让他感受到文明与道德的力量，江南的文化礼堂，仿佛让他找到了自己的精神家园，他陶醉在诗画般的田园风光里，更沉浸在农村文化礼堂这个精神家园中。

参观完爱莲堂，老爸的兴致依然很高。回城的路上，他告诉缪天明，桐庐要在五年内建成一百个农村文化礼堂，他要用有生之年去走一走这些各具特色的文化礼堂，收集那些精彩的桐庐故事，为"美丽中国，画里乡村"的桐庐文化礼堂金名片增光添彩。

老爸说，江南是生他养他的故乡，桐庐凝聚着他最最美丽的乡愁。听着老爸平和的话语中透露出的浓浓乡情，缪天明感到很开心。作为儿子，他会努力去帮助老爸实现那个梦想，因为诗画般美丽的桐庐也是他魂萦梦牵的故乡。

无价之宝

柳晓辉副市长荤腥不沾，这话在业内已经传了不少时间。柳副市长分管城建工作，对全市重大项目的建设决策都有着举足轻重的作用，掌管着上亿元的投资，很多包工头都想方设法接近这位副市长。

送钱，柳副市长交代秘书两条路：一条是退回，另一条是直接上缴纪委。有个开发商拿着一张五万元的购物卡送给柳副市长，不到两分钟，秘书的电话就到了，让开发商派人去取回。开发商觉得泼出去的水不好收回，谁知第二天市纪委就找他谈话，吓得他差点尿了裤子。

还有一位建筑承包商，不知怎么打听到柳副市长年轻时曾经有个初恋情人，费尽周折，终于安排了约会。柳副市长一到场，桌子一拍，连茶也没喝一口就走了，闹得不欢而散。

是人总会有软肋，一家建筑企业的总经理黄天敏相信这个理。经过一段时间的观察，黄天敏了解到，柳副市长喜欢书画，而且造诣还相当的高。

黄天敏也是个文化人，虽然繁忙的公司业务让他忙得焦头烂额。但是，空余时间，他也经常挥毫泼墨，画上几株枝干遒劲的蜡梅，以此陶怡情操。上次，柳副市长来公司指导工作，在黄天敏画的蜡梅前凝视了好久，连声说这蜡梅画得骨骼清奇，手法老到。

得知柳副市长喜好书画，黄天敏决定独辟蹊径。黄天敏看中了市区中心的一个公园建设项目，他想攻下柳副市长这座堡垒。

没多久，黄天敏邀请了国内几位知名画家，组织了一个画展。他特意赶到柳晓辉办公室，邀请柳副市长一定要参加。业内人都知道，柳副市长去赶这样的场面，到时候，那些画家自然会送上几幅价值不菲的作品。谁知柳晓辉一口回绝，说自己是分管城建的，文化方面就不去凑热闹了，让黄天敏碰了一鼻子灰。

一招不行，黄天敏再出新招。这天，黄天敏的建筑公司举办十周年庆典，作为分管城建的副市长，柳晓辉没有理由拒绝。庆典活动一结束，黄天敏就一把拉住柳晓辉。黄天敏说：好几次想请柳副市长留下墨宝，这次一定不能错过。

两个人来到黄天敏的画室,画室里布置得优雅清丽。柳晓辉拿起笔,眼睛就被桌子旁的一幅梅花吸引住了。黄天敏心头暗喜,这幅梅花图是清代画家汪士慎的作品,黄天敏前不久特意花了30万元买来的。

果然,柳晓辉题完字,就来到那幅画面前,仔细端详起来。黄天敏站在柳晓辉旁:"柳市长觉得这梅花画得如何?"

柳晓辉说:"这梅花,笔墨疏落清劲,气清神腴,墨淡趣足,不愧是名家精品。"

黄天敏说:"名家精品估计也算不上,这是一位朋友送给我的礼物,柳市长喜欢,我就借花献佛,做个顺水人情。"

柳晓辉听了呵呵一笑:"你朋友送你这幅梅花,自然是礼尚往来。我绝不能夺人所爱。"说完拱手告辞。

黄天敏连出两招,还是没能攀上柳晓辉。他心有不甘,经过多方打听,他得到这样一个消息:柳晓辉家中挂着一幅画,有人说是有无价之宝。黄天敏想,难怪瞧不起这价值数十万元的梅花图了。

半个月后,黄天敏开车悄悄跟着柳晓辉,看到柳晓辉进了家门,就打电话说公司有急事要汇报。柳晓辉说:"那你去我办公室。"黄天敏说:"我刚好看到你进家门了,你就开个门吧。"

进入柳晓辉的家,黄天敏看到这是一个朴素的家,墙上挂着一幅蜡梅图,虽然画法老到,但绝非名家精品。说完公司的事,黄天敏说:"柳市长,听说你有幅画,从不外示,可否给我开开眼界?"

柳晓辉听了一愣,笑着说:"你从哪里得来的消息?"

"无风不起浪嘛!"

"呵呵——"柳晓笑着摇了摇头:"你们公司想做市区公园项目的心情我可以理解,但是,现在讲究的是公司实力,其实你们完全可以通过公开竞标来争取这个项目。至于我的那幅画,恐怕你看了会很失望。"

柳晓辉说着打开卧室门,黄天敏看到墙上挂着一副很大的画轴,中间竟然是一张雪白的宣纸。

"柳市长,这是——"黄天敏惊讶地问。

柳晓辉点点头:"这就是我父亲留给我的无价之宝——一清二白。"

第五辑 有个美女来擦鞋

一口吞下一百万

有个叫贾仁义的人办水晶加工厂赚了不少钱。有钱的是大爷,贾仁义骄横的本性也渐渐显露出来。不过这几天,他心里有点窝火,总公司杨总答应给他的一百万元水晶产品加工业务还没有签约,杨总说有好几家分厂在争这笔业务,还要考察考察。这一考察,说不定就没戏了,他能不急躁吗?这天,贾仁义心情不好,忽然听到传达室里传来了吵闹声,他急忙来到厂门口。

"贾总,这小伙子一定要闯进来找你。"见到贾仁义,传达室的老张连忙给他拿了把椅子。

来人十七八岁,穿着休闲衫牛仔裤,显得十分朴素。贾仁义问他有什么事。年轻人说他叫厉佳,是来自贫困地区的学生,由于父母生病,想趁假期找份工作,赚点学费。厉佳还说自己出来已经半个多月了,没有找到合适的工作,希望公司能留下他,如果确实不行,能不能帮个忙,资助一点钱,他挣到钱后一定送回来。

贾仁义看着年轻人白白净净、稚气未脱的脸,一口回绝:"小伙子,我们不是救助站,如果你有困难,应该去找救助站,他们会帮助你。"

"我已经找了好几家厂子,无论如何请你们帮帮忙。"年轻人近乎哀求,但仍然遭到了贾仁义的拒绝。

贾仁义看着年轻人满脸失望的神色,心中不觉升起一种快

感。年轻人失望地准备离开，厂里突然蹿出一条狼狗，"嗖"地一下把年轻人扑倒在地，等到贾仁义喝住狼狗时，年轻人的小腿已经被狼狗咬了一口，皮开肉绽，鲜血直流。

老张急忙撕了块旧布条给年轻人包扎伤口，看着年轻人龇牙咧嘴的痛苦样子，贾仁义从包里拿出一百元钱递了过去，让年轻人赶紧走。

年轻人没有接钱，对贾仁义说："被狗咬伤，打疫苗总应该的吧，再加上医疗费和营养费，你这点钱哪够？"

贾仁义恼怒地看着年轻人："别给脸不要脸，这是我的地方，你想怎么样？你不要我还省了这一百元呢！你闯到我的厂里，我不把你当小偷抓起来送派出所就已经很客气了。"说着把钱放进了口袋。两个人僵持了好久。厂里的许多工人也赶过来，厂外也来了许多来看热闹的人。

贾仁义觉得很丢面子。他几步走到年轻人面前，说："你也不要在这里胡搅蛮缠了，你讲得头头是道，可是有谁看见了？"

"难道我腿上的伤是我自己咬的？"年轻人突然一把拉住老张，说老张看到了他被狼狗咬伤的情景。但是，老张看了贾仁义一眼，摇摇头后再也没有说话。年轻人看着周围一双双冷漠的眼睛，脸上挂满了泪水。过了好久，他终于迈着蹒跚的脚步无助地离开了工厂。贾仁义见年轻人走出厂门，露出了得意的笑容。在传达室里，贾仁义当着几位工人的面，对老张进行了表扬，说作为一个工人，就是要随时为厂里说话，维护厂里的利益。

就在这时，总公司杨总的车向厂里开来，贾仁义赶忙让老张打开厂门，准备迎接杨总。轿车在厂门口停下，杨总却快步走到蜷缩在大门旁的年轻人跟前，一把搀扶起来说："厉佳，你怎么会弄成这样的？"

厉佳站起来指着贾仁义说："爸，就是这家厂，狼狗咬了人还赖着不赔钱。"原来，厉佳想在假期体验一下贫困学生的生活，想不到工作没找到，还受了伤，万般无奈下，向父亲杨总打了求救电话。

贾仁义听到年轻人叫杨总为爸爸，头一下子晕了："杨，杨总，真不好意思，我以为他是一个民工。"杨总没理会他，只是心疼地扶着厉佳问这问那，贾仁义红着脸低声说道："杨总，还是让我送厉佳去医院看看吧。"

杨总一下子推开了贾仁义伸出去的手，说不必客气。他告诉贾仁义："仅仅因为是民工，你就这样对待他，难道你就没有一点同情心吗？前来打工的都是民工，你这样待他们，怎么让我放心把100万的业务交给你，你好自为之吧。"

看着杨总的豪华轿车绝尘而去，贾仁义一脚踢向他身边的大狼狗，无力地吐出了一句："这一口，一百万哪。"

局长家的花瓶

柳依梦是家政服务公司的工作人员，她是从企业下岗的，丈夫患病在家，女儿又在上大学，因此，她很珍惜这份来之不易的工作。做家政服务时，桌子椅子是擦了又擦，玻璃也是擦得纤尘不染。公司经理张春丽对她很满意，很多重要的活都派她去干。

这天,柳依梦去给贾局长家里打扫卫生,却把事情搞砸了,啥事?柳依梦把局长家的花瓶给打碎了。

原来,这天是阴雨天,地上潮湿的像要淌出水来,柳依梦小心翼翼地擦桌子拖地板,就在她快要完工的时候,手机响了,柳依梦想去拿放在桌子上的手机,想不到脚下一滑,身子一晃就带倒了桌子旁边的一个花瓶,"呼——"花瓶应声倒地,碎了。

柳依梦做家政服务,在工作时摔个碗掉个杯也是常有的事,赔上几块钱就没事了。可局长的花瓶,柳依梦不知道它的价值,她有点慌了,赶紧给经理张春丽打电话。

"经理,不好了,我把局长家的花瓶给打碎了。"电话一通,柳依梦就急切地说。

"花瓶碎了?我的姑奶奶,局长家的花瓶,你知不知道值多少啊?"

柳依梦说:"我不知道,不过我看这花瓶土里土气的,好像不值钱的。"张春丽听了叹了一口气,说:"唉,你别看东西土气,说不准是个宝贝。"

一听花瓶可能是个宝贝,柳依梦慌了:"经理,那我该怎么办?"

张春丽说:"你别着急,我马上开车过来。今天局长一家都出差在外面,我看看有什么补救的办法。"

不一会儿,张春丽赶到贾局长家中,她拿起花瓶的碎片仔细看了又看说:"我在城北的瓷器市场看到有这种花瓶,我带你去看看,假如价格不贵,就偷偷买一个,赔他一个新的。"

柳依梦说:"这不太好吧。"

"这有什么不行的,我们买个一模一样的,谁认得出来。"张春丽说,"你如果不同意,你自己去跟局长说,你惹出的麻烦自己解决。"

柳依梦想想还是跟着张春丽来到瓷器市场。

在一家瓷器店里,张春丽找到了样式相同的花瓶,她问老板多少钱,老板说:"一万八千元。"她们又走到另一家,店老板开口就是两万三千元,这价格吓得柳依梦目瞪口呆。

听这价格,张春丽摇摇头,无奈地对柳依梦说:"唉,你说啥也不能打碎局长家的花瓶啊。这样吧,等局长回来,你自己跟他说说,到时候,公司适当给你补贴一点。"说完顾自走了。

回家的路上,柳依梦想了很多很多。她做家政服务,都是几十元的计时工资,一个月干下来也没多少钱,假如让她赔上万元的花瓶,这日子还怎么过啊,柳依梦彻底懵了。在回家的路上,柳依梦神情恍惚,差点被汽车撞了。快到家时,她思考再三,拨通了贾局长的手机,把打碎花瓶的事说了。

贾局长那边迟疑了片刻,说:"那花瓶啊,是我老婆放在楼下准备扔掉的,你打碎了,刚好她不用清理了。"

"贾局长,真是不好意思。"柳依梦说。

"没问题的,你别把这件事放在心上。"贾局长的话让柳依梦一下子舒缓过来,她想不到原来局长家的花瓶也有不值钱的,悬着的心终于放了下来。

而这时候,贾局长正在对他老婆说:"做家政的把我们家那个旧花瓶给打碎了。打碎就打碎吧,人家下岗的也不容易。可惜我们结婚三十年的纪念品没了。"

有个美女来擦鞋

这天下午,城管局办公室高主任正在整理文件,门外来了一位非常漂亮的姑娘,一米七的个儿,一头披肩长发,大眼睛,高鼻梁,一笑就露出两个浅浅的酒窝。姑娘手上拎着一只擦鞋箱,说要找一位右眼眉毛旁长痣的城管队员。

高主任一听乐了,问:"你是——"

姑娘红了脸说:"我是他朋友,有件事要找他负责。"

听完姑娘的话,高主任很快明白姑娘要找的人是谁。城管局是有个右眼眉毛旁长痣的人,名叫刘大刚,听他自己说还没对象,高主任前几天还开玩笑说要帮他介绍一个,想不到姑娘主动找上门来了。

高主任给姑娘泡了杯茶,问什么事要找刘大刚负责,姑娘迟疑了一会儿,才吞吞吐吐地说:"我只能找他说。"

看着姑娘绯红的脸色,高主任似乎明白了:刘大刚和这个姑娘之间会不会是男女关系方面出了问题? 姑娘才要找他负责?

"主任,你的皮鞋脏了,我帮你擦擦。"高主任正想着,姑娘已经蹲下身来,把擦鞋箱一放,不到一分钟就摆好了架势,帮着高主任卷起裤子,先是用布擦掉皮鞋上的灰尘,然后涂上鞋油,用力擦了一会儿,再打上蜡油继续擦。十多分钟后,高主任脚下的皮鞋已经变得油光闪亮。这当儿,好几个城管队员走进办公室,看到高主任擦鞋,连说沾光沾光,姑娘也不客气,擦了一双又一双,高主任也不在意。快下班的时候,刘大刚打电话过来,说家中有急事不回办公室了,高主任这才想起姑娘找的是刘大刚。姑娘听说刘大刚不回来了,连说没关系,向高主任要了擦鞋钱就走了。

第二天,那个姑娘又来到城管局,看到哪位队员的皮鞋脏了,她就帮他们擦擦。听说是刘大刚的朋友,有的队员还特意让姑娘擦上一回皮鞋,为的是看看刘大刚的朋友长得怎么样。大家心知肚明,擦鞋的钱自然没有少给姑娘。

第三天,刘大刚出差回来,一到办公室,高主任就向他说起擦鞋姑娘的事,同事们也七嘴八舌,说刘大刚认识这样漂亮的姑娘,艳福不浅。刘大刚听了连连摇头,说不认识这个姑娘。正说着,那个姑娘来了,她走到刘大刚前,落落大方地说:"我早就认识你了。你忘了咱们的约定?难道你不对我负责了?"

姑娘的话一下子引起了大家的兴趣,谁知高大刚一听,涨红了脸说:"我凭什么对你负责?"

"你自己做的,不找你负责找谁?"姑娘的话也是针尖对麦芒。

看到两个人要吵起来,高主任连忙把刘大刚拉到一旁,语重心长地对刘大刚说:"男子汉大丈夫,一人做事一人当。你既然做了,就应该负责。再说,这个姑娘也挺不错呀。"旁边的人也纷纷劝刘大刚。

谁知刘大刚越听越气恼,他一把推开高主任,对擦鞋姑娘说:"我对你又没做什么呀,你说这些莫名其妙的话是什么意思?"

姑娘说:"这件事事关你的声誉,我与你单独说吧。"

这一下刘大刚的脸更挂不住了,他一蹦三尺高:"我站得直

坐得正,有事你就当着大家的面说吧。"

"好,这可是你自己说的。"姑娘接着告诉大家,她在邮局门口摆摊擦鞋,有一次,刘大刚在他的鞋摊上擦完鞋后,拿出一张百元大钞让她找钱,她找不出,刘大刚说自己是城管队员,绝对不会欠她的一元擦鞋钱,临走时,刘大刚还告诉她,如果半个月后还没来付钱,就到单位里来拿,他绝对负责。

听姑娘这么一说,刘大刚恨不得有条地缝钻进去,脸色也变得红一阵白一阵,因为他确实还欠着姑娘的一元擦鞋钱呢。

县长爱拍照

县里新调来一个县长,名叫郭天雷,可把一些人给忙坏了。整天打探郭县长有什么爱好,以便投其所好,想方设法和县长搭上关系。

县化工公司的总经理吴一鸣更是焦躁不安,因为他听说郭县长就是分管环境保护的,可以说是直接领导。吴一鸣绞尽脑汁,整天想着怎样才能和新领导搭上关系。没过两天,有人传来消息,说新县长经常背着照相机在县城里走动,喜欢拍照。吴一鸣眼珠一转,心中便有了主意。

这天,吴一鸣借汇报工作来到郭县长办公室。简单地进行工作汇报后,吴一鸣话题一转:"郭县长,您爱好摄影吗?"郭天雷点了点头,指着身后的一大柜书籍说:"是呀是呀,难道吴总也喜欢摄影？"

吴一鸣说："那太巧了，我是县摄影家协会的副主席。这些年，我陪过好几位领导外出，到全国著名的风景旅游区采风，创作成果很不错呢。今后有机会我也陪郭县长出去走走。"

"行啊——"郭天雷大大咧咧地说，"我来基层工作，还真得靠你们这些朋友支持呢。"

"好！郭县长，那我就不打扰了，今后多联系。"吴一鸣从郭县长办公室退了出来。

没过几天，吴一鸣就接到了郭天雷的电话，让他去县长办公室一趟。放下电话，吴一鸣就兴冲冲地来到县长办公室。

郭天雷告诉吴一鸣，县里要举办一个摄影大赛，能否请吴一鸣赞助一点资金。郭县长的话没说完，吴一鸣就说："没问题，我公司赞助10万元。另外，我们摄影家协会组织会员集体活动，我还可以再出一点活动经费。"郭县长听了十分满意。

回到公司后，吴一鸣立即安排财务人员进行汇款事宜，又特意打招呼让财务处买一套高档摄影器材。安排好这一切，吴一鸣惬意地躺在太师椅上，心想：不怕领导讲原则，就怕领导没爱好。搞好这次摄影大赛，到时候，给郭县长送套高档摄影器材，再安排县长得个特等奖，那郭县长这条线就牵上了。

半个月后的一天晚上，吴一鸣又接到了郭县长的电话，说他已经组织了几个摄影爱好者，准备进行创作，问吴一鸣是否愿意参加。吴一鸣一听，晚上跟县长一起活动，机会太难得了，连说愿意愿意。挂断电话，吴一鸣立即开车前往县政府门口。

吴一鸣一到，郭县长就让他上了县长专车。坐在车上，吴一鸣心里美滋滋的：有钱能使鬼推磨，这赞助费真不是白花的。到

时,县长上车,又可以私下交流"感情"了。

不一会儿,郭县长上了车,吴一鸣拿出新买的照相机,对郭县长说:"县长,这照相机怎么样?"郭县长呵呵一笑,拿出自己的相机一摆,说:"我还是老相机用得顺手。"说完开始整理起照相器材。县长再没多说话,吴一鸣也不敢多说。可他的心里却觉得有点奇怪:摄影创作不安排在白天,怎么安排在黑灯瞎火的夜晚?

车停了下来。"到了。"郭县长说着下了车,吴一鸣也连忙跟着下车。吴一鸣一下车,就觉得鼻子一紧,一股臭气直冲过来:"妈的,什么人这么缺德呀,这么臭。"

郭县长让司机打开手电筒,照到一条沟渠上。只见一股股黑色的污水在沟渠里翻滚流动,散发着阵阵臭气。郭县长打开相机,从各个角度不停地拍摄着。

看到郭县长在沟渠边忙碌,吴一鸣也装模作样地拍了几张,突然他背上的冷汗一下子冒了出来。原来,吴一鸣的化工公司从不注重环境保护,经常利用晚上偷偷排放污水,以节约污水处理成本。假如上级开展突击检查,他一般都会有消息,提前让管理人员关上阀门,以应付检查。而就在今天,管理人员说污水处理池将满,来请示他怎么办,吴一鸣说就按过去的老办法。

回来的路上,郭县长没说话,吴一鸣也不敢说,就这样到县政府门口后分手了。

一个月后,摄影大赛评奖揭晓,不过这次评奖是由全县市民代表和广大网民评选的,郭天雷县长的摄影作品《乌龙滚滚何时休》获得特等奖。在颁奖大会上,郭天雷当场宣布:一是对包括吴一鸣在内的六位偷排污水的公司老总进行查处。二是将自己的特等奖奖金全部捐出用于环境保护,并将在全县开展环境整治大行动。郭县长还宣布：两年后，他要下河游泳。

颁奖会场里顿时掌声如潮，县长爱拍照的事也很快流传开来。

老赵的梦想秀

赵大毛教了一辈子书，三年前退休回到老家石塔乡云山村。按理说退休就该享享清福了，但是有人却想请他出山。一个在村里办水晶加工厂的老板，拿着10万块钱，想请赵大毛到厂里帮忙，却被赵大毛连推带拉地赶了出来。白白送上门的钱也不要，赵大毛被村里人称为怪老头。

最近，村里人发现赵大毛又出怪事了：每天天没亮，赵大毛就一个人来到村口的云水溪旁，咿咿呀呀地吊嗓子，吊完嗓子，还开始手舞足蹈地学唱歌："蓝蓝的白云天上飘，白云下面马儿跑。鱼儿跳来鸡鸭叫，青山绿水把村绕……"

赵大毛唱歌的声音像鸭叫似的，让村民听了很不舒服。有人说，这老头又发什么神经啊，又唱又跳的。赵大毛却不管这些，照样唱唱跳跳。没两天，村里还传出了赵大毛想去上电视的消息。

说到上电视，有村民想到县电视台最新推出的"真情梦想秀"栏目，邀请全县最有才艺的人，上电视秀梦想。在电视上，他们看到了被誉为"小赵本山"的小品表演，还看到了全省演唱会冠军"小王菲"的歌唱表演，真的是才艺绝佳。而傻乎乎的赵大

毛想上电视,怕是连报名的资格也不够,哪上得了电视? 但让村民奇怪的是,赵大毛不仅报上了名,还真的要上电视了。

消息传开,老村长赵贤惠特意在村里组织了二十多人的亲友团,赶到现场去支持赵大毛。村里还特意进行了广播,让大家在家里观看电视直播。上电视秀梦想,那可是云山村开天辟地的第一人,是云山村的自豪和骄傲。

县电视台"真情梦想秀"的舞台上,霓虹闪耀,灯火辉煌。节目一开始,一个三岁小女孩,有板有眼地唱起京腔,十多分钟的表演,一气呵成,话音未落,全场响起了雷鸣般的掌声。接着,一个十几岁的男孩,在铿锵的锣鼓声中连翻了三十多个筋斗,翻到后来,观众连声叫好。

前面的表演越精彩,云山村的村民心中越紧张。他们想:赵大毛究竟有什么绝技,究竟要秀什么梦想?

轮到赵大毛上场了,只见他慢慢地走向舞台。看得出,老人的心中很是紧张。云山村的亲友团更是凝神屏气,双眼瞪着舞台,生怕漏过什么细节。

赵大毛往舞台中间一站,说:"我是云山村的赵大毛,今天给大家带来一首歌。"

赵大毛清了清嗓子:"蓝蓝的白云天上飘,白云下面马儿跑。"嗯,前两句不错,可那鸭子似的嗓子却让台下的观众"轰"地一下笑出声来。

"鱼儿跳来鸡鸭叫,青山绿水把村绕,青山绿水把村绕,把村绕……"赵大毛的声音越唱越低,还用手挠着后脑勺。

忘唱词了。这下台下更热闹了。而在电视机前看赵大毛表演的云山村村民更是哭笑不得:你一个老头子,在家好好的,去电视台凑什么热闹？这不是给赵大毛一个人丢脸,整个云山村的脸都给这怪老头丢光了。

"青山绿水把村绕……"赵大毛还在唱。主持人一看情势不妙,几步走到赵大毛面前,打断了赵大毛的唱腔:"赵大爷,你今天唱的什么歌啊？前面两句我很熟悉,后面两句鱼儿跳来鸡鸭叫,青山绿水把村绕,是谁写的词哪个人谱的曲？"

赵大毛回答说:"是我自己写的词,其实这个就是我的梦想。鱼儿跳来鸡鸭叫,青山绿水把村绕。我的梦想就是希望家乡水清澈,天蔚蓝,山翠绿,村更美。"

"你能不能说说你们村里现在的情况？"主持人说。

"唉!"赵大毛叹了一口气:"我的家乡原来是个山清水秀的好地方,村前的溪水可以洗澡的,门口的水渠里能够洗青菜萝卜。前几年,我的一个学生在村里办了水晶加工厂,为了赚钱,经常偷偷向云水溪里排放废水。后来,几个村民看到有人赚了钱,也买了几台机器,招几个工人,加工水晶,污水也是直接排到溪里。"

"那村民怎么不去举报？"主持人问。

"怎么会不举报呢。"赵大毛回答说,"为了村里的污染问题,我帮村民写过举报信,打过举报电话,也去上访过。可不知什么原因,执法人员来了,他们不是停产就是没排放废水。执法人员走了,他们又开动机器。几年下来,原先清澈的云水溪变成了黑河臭河,洗个脚也要痒上三天。今天,我是想借你们这个平台,秀一秀我那个山清水秀的梦想。我恳请县里帮我们查处污染环境的水晶加工厂,还我们云水村绿水青山!"

赵大毛满是真情的话语深深震撼着台下的观众。山清水秀,这最最普通的要求,竟然是一个怪老头的梦想。

"实话说,我的子女都在城里,我自己也有退休工资,完全有能力搬到城里生活。但是,我的乡里乡亲呢?我们难道真的要毁了天井里那最后的一泓清泉?我们难道再也无法感受那浓浓的乡音乡情?"

"能!"赵老师的话没说完,台下响起了一声响亮的回答。

随着聚光灯的移动,台下走来一位身材修长的中年男子。主持人介绍说,他是分管环保的雷晓天副县长,赵大毛能够秀梦想,就是雷县长安排的。

雷晓天走到赵大毛面前,一把握住赵大毛的手:"赵老师,您今天这个梦想秀得好。大家想想,什么是我们最宝贵的财富?是我们的青山绿水。有的人昧着良心只想着赚钱,却污染着我们的青山绿水,其实,他们是在毁坏我们的金山银山啊。"雷晓天面朝台下的观众大声说,"这样的事情我们能答应吗?"

"不能!"台下响起了很多回答。

"对。"雷晓天说,"今天,我在这里表个态:我一定会让老赵的梦想实现,也欢迎有更多的观众来秀一秀老赵这样的梦想,共同建设我们美丽的家园。"

"谢谢!"赵大毛握住雷县长的手,久久不愿松开。

此时此刻,云山村的许多村民也在电视机前百感交集,他们等待着。

凋零的玫瑰

晚霞很美,新建成的浦阳江生态廊道上人来人往。我也挤在人流中,就像一条在水中穿行的鱼,随人流而行。

"张老师,您好!"一声亲切的叫声在耳边响起。我转头一看,是一张似曾相识的脸。"张老师,您没有忘记我吧。我是安平啊,《山花》文学社的。"

一提起《山花》,我一下子记了起来:二十年了,那时,我在一所山区中学当代课教师,喜欢文学的我和几位学生办起了校刊《山花》,安平是文学版的编辑,组稿、写稿,能力可强了。

"安平,你现在哪工作?"我问。

安平边走边告诉我说,他原来在县城开办水晶加工厂,如今,乡村旅游业发展了,就在老家办起了农家乐,生意挺红火的。

"安平,你还记得五朵金花吧?"记忆的闸门一打开,我的话语脱口而出。

安平笑笑说:"怎么会不记得呢?春梅、夏荷、秋菊、冬雪、白桃,当初都是学校里的才女啊。"

"是啊,她们不仅活泼可爱,文章也写得特别出色。我还记得夏荷,特别爱骑自行车,车技特棒。校门口的马路上,车来人往,她就在那里表演车技,被大家称为在刀尖上跳舞,折服了很多男生。"一说起夏荷,我的脑海中一下子清晰地浮现出她的样子:

扎着两条小辫子,圆圆的脸蛋,高高的鼻梁,还有一双水灵灵的大眼睛,可俊俏了。

"我还对她们做过专访呢。"安平仿佛也进入了甜蜜的回忆。

"这些年,我遇到过春梅、秋菊、冬雪和白桃。春梅在教育局上班,秋菊嫁到了杭州,冬雪在金华当教师,白桃的散文写得很好,我看她得了好几次奖。就是没见到过夏荷,你有她的消息吗?"

"老师,您不知道夏荷出了意外?"安平的语气突然变得沉重起来。

看我摇了摇头,安平告诉我。就在我调出学校那年夏天,夏荷在一次骑自行车回家的路上遭遇了车祸,失去了生命。"生如夏花之绚烂,死如秋叶般静美。我去看过她的遗容,真想不到她这么年轻就离开了人世。"安平叹了一口气,接着说:"其实那次车祸,夏荷自己也有责任。那辆拖拉机刹车失灵了,驾驶员看到在路中间骑车的夏荷,拼命地按喇叭,夏荷就是没让道,结果被撞了——如果夏荷小心骑车,她的生命之花也许不会这么早就凋零。"

"可惜,这么好的一个孩子。"我由衷地为夏荷惋惜,心中隐隐作痛,"安平,人生中最重要的只有几步,一步错了就可能后悔终身。而生命的安全,却不容许有丝毫闪失,哪怕一丝一毫的闪失,都会酿成无法挽回的后果。"我感叹着对安平说。每个人的生命只有一次,某个人假如失去了,对他本身而言,就意味着失去了整个世界。就像夏荷,一次小小的交通事故就让她失去了最宝贵的生命,就像盛开的玫瑰意外地凋零了。

"是啊,平安是福。老师,您的文章写得很美,有时间写写五朵金花吧，也可以以此纪念夏荷，还能给学生们一点警示。"岔道口分手的时候，安平恳求我。

我点头答应，脑海中却依然浮现着那个扎着两条小辫子的姑娘，圆圆的脸蛋，高高的鼻梁，还有一双水灵灵的大眼睛。我想，假如夏荷仍然活着，那该多好，她可以多看看祖国的大美河山，多感悟人生的酸甜苦辣，多品味生活的喜怒哀乐。我想，只有平安地活着，我们才会有阳光，才会有梦想，才会有快乐，才会有幸福。

最后一课

这天一大早，蜿蜒曲折的摩天岭上开着一辆出租汽车，车里坐着一老一小父子俩，老的已经满头银发，他叫吴自廉，是摩天岭中学退休的老校长。小的叫吴永洁。一星期前，市里对吴永洁进行了提拔考察，拟提拔任用的职务是市建设局总工程师。由于工作即将调动，吴永洁很忙，但是吴自廉却给儿子下了最后通牒：回老家摩天岭一趟，好好陪他一天。趁着假日，吴永洁急急忙忙地赶回了老家，可不知道父亲葫芦里卖什么药，让他关了手机，带着他上了这辆挂满窗帘的出租车。

"爸，我们要去哪里呀？你这神态怪吓人的。"看到父亲严峻的神色，吴永洁想调调气氛。吴自廉笑笑说："没事，就带你去看个老朋友。"

"那也不要搞得这么紧张啊。"吴永洁拉着父亲的手说。吴自廉从贴身的内衣口袋里拿出一个笔记本,从里面抽出一张照片说:"永洁,爸今天就带你去看这位老朋友。"吴永洁小时候就看过这张照片,那是 20 世纪时,父亲和一位战友在抗洪前线拍摄的。父亲曾经告诉他,这位朋友在抗洪救灾中立了功,当了不小的官。吴永洁大学毕业时,曾想让父亲去找这位朋友,父亲却死活不同意。后来吴永洁凭自己的努力找到了工作,这件事就搁置下来。如今,吴永洁成了领导干部,父亲难道怕他胜任不了工作,还想找老朋友去帮忙?!

出租车翻山过岭,两个多小时后停了下来。打开车门,吴永洁看到门口竟然站着两个警察,原来这里是一座监狱。看到父亲下车,吴永洁连忙跟了过去。在警察带领下,父子俩穿过几道门来到一个整洁的小房间。不一会儿,警察带着一个身子佝偻、胡子拉碴的老头子走了进来。见到吴自廉,老头痛苦地低下了头,好久才抬了起来,满脸悔恨地说:"老吴,我愧对老朋友啊。当初你自诩一枝梅花,我还嗤之以鼻,想不到你这枝梅花如今依然凌霜傲雪,我却因为贪念,一失足成千古恨,成了人民的罪人,悔不当初啊。"吴自廉说:"你也别太自责了,政府让你在这里改造,就是希望你能好好悔过啊。"看着两位曾经在抗洪前线并肩作战的老朋友在这里老泪纵横的相聚,吴永洁的心里也酸酸的。

回来的路上,吴自廉对永洁说,这位老人在抗洪前线冲锋在前,面对生死,毫不畏惧。参加工作以后,敢作敢为创事业,成为省城一家大型国有企业的总经理,他多次想把吴自廉从山沟沟调到省城,吴自廉都拒绝了。吴自廉说离不开那些爱他想他的学生,离不开摩天岭中学那一树一树的梅花。想不到几年前,这位朋友因为贪污受贿被检察院立案查处了,后来被判处十二年有期徒刑,成了一名身陷囹圄的阶下囚,听说跟着他落马的还有好几名中层干部。吴自廉沉重的话语一句接着一句,就像警钟狠狠地敲在吴永洁身上。

车子不知不觉又回到了摩天岭,在岭脚的一家小饭馆里,吴自廉点了菜干扣肉、青菜肉丝、番茄炒蛋、雪菜冬笋四个菜。看到这些熟悉的菜肴,吴永洁的双眼湿润了。十八年前,父亲就是在这个小饭馆里,为即将去单位上班的他送行,告诫他要好好工作,报效祖国。如今,吴永洁有了新的工作岗位,父亲会给他说些什么呢?

果然,吴自廉倒了满满一杯酒,说:"永洁,爸今天要和你喝一杯酒。""爸,你就别喝酒了。"吴永洁知道父亲身体不好,劝着父亲。

吴自廉拨开永洁的手,举着酒杯说:"你也别劝我,今天哪怕是最后一杯酒,我也要陪你喝。"吴自廉说:"我这一生有两点成就,一是当了一辈子教师,培育出了满天桃李。另外就是培养出了你这个有用之才。"吴自廉接着说:"爸前几天去医院,已经检查出了绝症,留在世上的日子可能不多了。听说总工程师管理着几千万元的工程,你的前任就是因为贪污受贿被查处的。因此我还有一个愿望,就是希望给你留下一副清清白白的傲骨,能为人民多干点事。我同你喝这杯酒,就是希望你今后无论到什么岗位,都不要忘记爸爸的这个愿望,绝不能让爸爸失望。"

"爸爸——"吴永洁端起酒杯,噙着泪水,与父亲一干而尽。

直到这时候,吴永洁才明白父亲要他好好陪一天的真正含义,父亲给他上的这最后一课,让他铭心刻骨,这是一堂让他受益一生的人生之课。

神 医

梅苑小区有个神医,这消息越传越广。

神医叫梅永春,是县中医院的老中医,不仅医术精湛,而且待人可亲。梅永春退休时,中医院和人民医院都想让他留下来,请他再当几年医生。而城里的几家私人诊所,更是开出年薪数十万元的高薪,想请他去坐诊,梅永春都拒绝了。他说:"这几年在医院工作很累很累,我只想好好休息。"

梅永春住在梅苑小区44号,平时工作忙,很少在家。如今退休了,他和老伴经常在小区里转悠。有认识的人看他在家里,就带着病人去梅永春家。梅永春起初死活不愿给人看病。可经不住病人软磨硬泡,加上又认识,梅永春没办法,只能给他们看。

梅永春看病还是用望、闻、诊、切那套老办法,看完了给病人开个药方,病人拿着药方去药店抓药,伤风感冒什么的小病,花不了几十块钱,保准一看就灵。有一次,有个常年咳嗽的老病号,不知怎么得知消息,竟然远道赶来,吃了梅永春半个月的中药,身体竟然痊愈了。这位病人特意请了仪仗队,敲锣打鼓给梅永春送了一面锦旗,上面写着"神医"两个大字。

梅苑小区有个神医的消息越传越广,来找梅永春的人也渐渐多了起来。老伴说:"你退休了就图个清静,现在这样给人看病,还不如当初在医院里继续工作。"梅永春笑笑说:"当初我学医,就是救死扶伤为乡里乡亲服务的。再说,我一不开店二不卖药,开几个药方怕什么?我这是做善事呢!"

不知不觉过去了几个月,意外发生了。

这天深夜,梅永春家的门被拍得砰砰直响。梅永春从窗户伸出头去问有什么事?只听一个男人带着哭腔高声说:"梅医生,快救救我儿子吧。"

梅永春说:"深更半夜,你的孩子肯定是急病。你快拨打120急救车,把孩子赶紧送医院吧。"男人说:"梅医生,你快帮我看看吧,我在门外给你跪下了。"

梅永春只能起床开门。只见门外一个中年汉子抱着一个脸色青紫的孩子。梅永春看看孩子病情危急,当即拨打了120急救电话,孩子很快被医院急救车运走了。

第二天,梅永春从医院听到消息,说昨晚的孩子是心脏病突发,由于送到医院太迟,抢救无效死亡了。那一整天,梅永春的神情像被冷水浇过一样,整天阴沉着脸。

两天后,中年汉子带着一帮人来到梅永春家,闹着要梅永春赔钱,而当地的卫生医疗部门也迅速介入了调查。看着闹得不可开交的一帮人,梅永春只说了短短几句话:"看着门外的病人,任何一个医生不可能见死不救;而医生也不是神仙,不可能把每一个人的病都治好。"

没多久,梅永春家吵闹的人走了,梅苑小区又恢复了宁静。

有人说,梅永春和那个中年汉子达成了协议,赔偿了几万块钱。也有人说,梅永春是被人设计陷害的。这些议论在小区里传得沸沸扬扬。而小区居民感觉到的最大变化是:梅永春一家不知什么时候悄悄地搬走了,就像影子一般消失了。

从此,梅苑小区没有了神医。

恩仇一巴掌

这天,青山村西头的刘大明抱着一个大西瓜来到村东头的潘晓文家中,他想找潘晓文帮忙,替大学即将毕业的儿子刘来喜找个工作。

潘晓文在市里开着一家规模不小的汽车销售公司,听说光员工就上百人。俗话说,亲帮亲,邻帮邻,可一路上刘大明心里却打着鼓:几年前,刘大明和潘晓文为了给自家干旱的稻田放水,争执之中,刘大明打了潘晓文一巴掌。当时,刘大明家族势力大,被打的潘晓文没法和刘大明对抗,只能哑巴吃黄连,几天后带着老婆离开了村子。为了这件事,刘大明几次想找潘晓文赔个不是,可每次遇到潘晓文,都是一笑而过,这件事反而成了刘大明心头的一个结。

潘晓文看到刘大明,先是一愣,不过很快就恢复了平静。"大明,快坐。"潘晓文给刘大明泡了一杯茶。

刘大明放下西瓜,开口就说儿子找工作的事,潘晓文听了说:"好啊,我的公司正准备招工,听说你儿子学的是机械专业,让他试试。"一听潘晓文答应,刘大明心头的一块石头落了地,他愧疚地说:"晓文,过去的事是我……"

"都这么多年了,还提那些事干吗?"潘晓文打断刘大明的话,"来喜一毕业,你让他来。"

告别潘晓文,刘大明马上给来喜打电话。听说找到了工作,刘来喜很高兴,可听说要去潘晓文的公司,心又凉了半截:"爸,晓文不是咱家的对头吗?到他的公司上班,那还不被人家整死?"

"你这臭小子,为了你工作的事,我厚着脸皮去找人帮忙,人家答应了。你倒好,找不到说我没本事,找到了怕这怕那。你一个大男人,潘叔叔能对你咋的?有啥事给我打电话,我去跟他当面说。"

刘大明这一说,刘来喜答应去试试。

刘来喜进了潘晓文的公司,没过半个月,就怒气冲冲地跑回了家,把行李一甩:"爸,我不干了。"

刘大明问:"怎么啦?"

"潘晓文是故意让我难堪。"刘来喜气呼呼地说。刘来喜告诉父亲,他到公司后,工作就是发宣传单。上班第一天,刘来喜跑了五个小区,第二天跑了七个小区,几千份传单发下来,累得腰酸腿疼。几天后,他一了解,肺都要气炸了:公司发宣传单六个人,都是小学初中毕业的,只有他是大学生,这不是明摆着给他小鞋穿吗?

刘来喜气冲冲地找到主管,主管说:"公司新员工要到一线锻炼,你认为不满意,可以提出辞职。"刘来喜说:"那我要找潘总经理。"主管说:"潘总出差了。他交代过,你的事由我全权处理。"

刘来喜想想胳膊扭不过大腿,就趁假期跑回家来找父亲,让父亲找潘晓文换个工种。刘大明打通潘晓文的电话,话没说两句,潘晓文说正在开会,说来喜工作上的事就找主管,说完就挂了电话。

目的没达到,刘大明只能劝儿子。想到找工作难,刘来喜答应再坚持一段时间。

两个月后,刘来喜给刘大明报来一个喜讯,说公司奖给他五千元奖金,比工资还多。刘大明问是怎么回事,刘来喜说:人家发广告就是单纯发发广告,他发完广告后,对停在小区里的汽车进行观察统计,整理出本市哪些品牌的汽车畅销,给公司提了合理化的建议。公司按照他的建议调整销售计划,销售业绩大幅上升,公司给了他奖励。

刘大明告诫儿子:"那你可要好好干。"

喜讯报来没两天,刘大明又接到了儿子的电话,说又准备不干了。刘大明忙问为什么?刘来喜说:公司调他到修理部去了。"那是好事呀,学会汽车修理,那可是一门真正的技术呢。"刘大明劝儿子。刘来喜回答说:"您知道什么,我天天污泥油腻的,连女朋友也没法见。"

原来,公司将刘来喜调到了修理部。几天下来,刘来喜浑身油污,像从污水池里爬出来一样。

"来喜,找份工作不容易,你可不能轻易放弃。"刘大明劝着儿子。"我是不想放弃。"刘来喜说,"可是那些修车的师傅,有的只有小学毕业,公司却把我一个大学生当学徒使唤,呼来喝去。爸,你想想,这还不是在故意整我?!"

听完儿子的话,刘大明陷入了沉思:是啊,当初自己打过潘晓文一个耳光,让他失了脸面,是不是故意在整儿子?到了晚上,他翻来覆去想了半夜,第二天一大早就赶往县城,来到潘晓文的公司。刘大明没有找到潘晓文,公司里的人告诉他,潘总经理在外面出差,现在手机联系不上。刘大明看到儿子灰头土脸的模样,心中确实不忍心,可想到现在找工作不容易,他还是劝儿子好好工作,学好本领。听了父亲苦口婆心的劝说,刘来喜答应在公司再干下去。

时间不知不觉地过去了三年,这天,刘来喜看到公司宣传栏前围着一大群人,他挤过去一看,上面贴着一张招聘启事,说省城有位教授来公司招聘一位助手,要求是既有专业知识,又有实践经验。刘来喜一看,觉得自己各方面条件都适合,很快报了名。一个月后,刘来喜通过了教授的面试。跟着教授去省城,刘来喜觉得咸鱼翻身了。他以感谢的名义,约了潘晓文到梅花饭庄吃饭。

梅花饭庄里,酒过三巡之后,刘来喜说:"潘叔叔,我能跟着教授去省城,全靠您啊。"潘晓文说:"那是你自己努力的结果。""自然是我自己努力的结果。"刘来喜借着酒劲说:"潘叔叔,我在您的公司里做什么,您心里最清楚:我一个正规院校毕业的高才生,您却让我发发广告修修汽车,干些连小学生都能干的事,要不是这次招聘,我还不知道被整到什么程度呢?"

潘晓文脸色一变,可很快恢复了平静,缓缓地说:"来喜,今天这里还有一个客人,有些事情我想你是误会了。"潘晓文说着站起来打开门,门外竟然站着刘来喜的父亲。

"您让我爸来做什么?"刘来喜问。

潘晓文拉着刘大明坐了下来,说:"大明,今天我借来喜的酒敬你一杯。""不,不——"刘大明连忙摆手拒绝。

潘晓文端起酒杯说:"大明,这杯酒就是感谢你的那一巴掌。"挨了巴掌,丢了脸面,潘晓文却还要感谢人家。这一下,刘大明父子不解了。

看到父子俩疑惑的样子,潘晓文说出了缘由。他被刘大明打过一巴掌后,觉得在村里待不下去了,就进城去打工。他在一家汽车修理厂当徒弟,由于他勤学肯钻,人又勤快,老板十分看重他。后来,老板身患重病,就把修理厂转给了他,凭着诚信经营,他注册了一家公司,把业务越做越大。"要不是你那一巴掌,也许我还和你一样在村里种田地呢。"

"那你为什么还要让来喜干那些发广告修汽车的事呢?"刘大明更加不解了。

"大明,老话说得好:刀不磨不利,人不苦不成啊。"这一下,刘大明父子俩明白了,潘晓文让刘来喜发广告修汽车,就是让他把学到的书本知识与实践经验结合起来,不断成长,真正成为有用之才。

"潘叔叔,我错怪您了。"刘来喜羞愧地低下了头。

"呵呵。"潘晓文举起酒杯说:"来喜要去省城了,今晚我陪你们父子俩喝上几杯。"

"好。"刘大明父子俩也高兴地举起了酒杯。

第六辑 有梦不觉天涯远

父亲的洁癖

我的老家地处山区农村,父亲是个普通农民,种田下地,整天与泥巴打交道。我小时候,听说父亲曾读过几年私塾,早些年村里办过扫盲班,父亲当过几年老师,村民都对他很尊重。

渐渐长大以后,我发现一个奇怪的现象,父亲干完农活,从田间地头回家,每次都在村口的水沟边把自己清洗得干干净净。到家以后,手脚麻利地换上干净整洁的衣裤,脚下的那双皮鞋更是擦了又擦,看上去油光闪亮。

有一次,父亲在种田。一位朋友把父亲从田里叫回来,让父亲去帮一下忙。父亲要回家换衣裤,朋友催促:"您就别换了,这样方便。"可是,父亲却依然换上干净整洁的衣裤,然后把旧衣裤放在包里,才去朋友家帮忙,帮忙结束后照样换上旧衣裤去种田。渐渐地,村里有人说父亲有洁癖。想想也是的,一个土生土长的农民,还讲究那么多干吗?我也觉得奇怪,父亲身为农民,衣裤换上换下,多麻烦呢。

父亲依然我行我素,每次出门,总是整整衣领,擦亮皮鞋,有时候还洗洗头发。不仅如此,父亲还让我也学他的模样。我经常不太情愿,可碍着父亲的脸面,也只好听话地把自己打扮整齐后才出门。

高中毕业那年,父亲带我去乡里的一家私营工厂找工作,厂长看到我们父子俩,居然一惊,说想不到农村也会有这样整洁的人,当场答应让我在厂里试试。

我进了那家工厂。每天上班前,父亲总是走到我面前,看看我的衣裤是否整洁,然后下意识地帮我整整衣领。我时常嫌烦,但看到父亲慈爱的目光,我不忍拒绝父亲的好意,总是随他摆布。

两年后,我在厂里的工作逐渐稳定下来。那天,父亲去看我,我特意买了几个菜,请父亲喝了两杯酒。送父亲回家的路上,我们父子俩都很开心。借着父亲高兴,我问父亲为什么会有洁癖,父亲呵呵一笑,说:"我哪有洁癖啊,我只是想给你做个榜样。邋邋遢遢的,能找到今天的工作吗?!"

我恍然大悟:在我和许多村民眼中,看到的是父亲的洁癖。但是,父亲内心深处的想法却是坚持做儿子的榜样,父亲的洁癖其实就是他对儿子的大爱。

二婶的辫子

山子的老家在风水岭桃花村,说起老家的往事,山子最难忘的就是二婶的辫子。

二婶嫁过来的时候,挂在二婶背上那条粗大油黑的辫子一下子吸引了山子。在桃花村,没有长辫子的姑娘,一是没心思,整天忙里忙外的,哪有闲工夫去侍弄长辫子?二是怕人说,留长辫子,村里人的口水也会把你淹个半死,你还敢留长辫子么?!

结婚那天,穿着红褂子的二婶,脸色洋溢着灿烂的笑容,背后的辫子漂亮地跳跃着,就这样来到二叔家。山子问二叔:你是怎么喜欢上二婶的?二叔敲了敲手中的旱烟枪说:我就喜欢你二婶那条辫子。山子不知道二叔二婶之间有关辫子的故事,但是,山子相信他们之间的婚姻一定与辫子有关。

没多久,村里有了风言风语,说二婶带着条马尾巴整天在村里疯跑,奶奶的脸色也越来越阴沉了。可二婶却像没事一样,依然快乐地跑东家走西家。

这时候,山子的父母出事了。那天,山子的父亲骑着自行车,载着母亲去镇上赶集,一辆失控的大货车撞上了他们,父亲当场死亡,母亲送到医院后也去世了。失去双亲的山子,像一棵浮萍一样飘荡在空中。二婶来到山子家,摸着山子的头说:"你愿意跟二婶吗?"山子点了点头。就这样,山子进了二婶家。那一年,山子六岁。

二婶对山子很好。二叔从田头地角回来,总会给二婶带点桑葚、树莓等野果,二婶藏着掖着,最后悄悄地塞给山子。村里人看了羡慕得不得了。有的人却说:你别看现在对他好,今后有亲生儿子了,说不准就不一样了。

没多久,二婶有了亲生儿子。可是,二婶依然对山子很好。有人说:这女子,有心计哩,对别人的儿子比对自己儿子还亲,鬼知道她是怎么想的?

山子读三年级那年,村里来了一个收辫子的外地人,他围着二婶转了两圈,咬咬牙说:"大姐,五十块钱,你这辫子我买了。"山子吓了一大跳,五十块钱,那可是二婶全家半年的收入呢。想不到二婶轻轻地抚摸着自己的辫子,说:"别说五十,就是五十个大洋也不卖。"看到二婶态度坚决,外地人无可奈何地走了。

看着外地人走远了,山子问二婶:"二婶,能卖这么多钱,为什么不把辫子卖了?"二婶笑笑:"你知道我是怎么嫁给你二叔的吗?就是因为你二叔喜欢我这条辫子,为了二叔,再多的钱我也不卖辫子。"

不知不觉地又过了几年,也许是二叔的身体不好,也许是家里两个孩子的负担,二婶的家境渐渐困难起来。一向开朗的二婶,脸上也不时出现了愁容,只有她背后的那条辫子依然欢快地跳跃着。

山子要去镇上读初中了。接到这个消息,二婶的脸上没有一点喜气,二叔更是低头叹着气。家里的情形让山子忐忑不安,山子想,假如父母健在,他们一定会千方百计让他去读书的。

开学的前一天,二婶去了镇上。回来的时候,二婶交给山子五十元钱,说是山子上初中的学费。就在她转身的时候,山子突然发现:二婶的辫子不见了。

山子拉住二婶问:"二婶,您的辫子呢?"

二婶告诉山子,她要去镇上的工厂上班,厂里规定不能留辫子,就把辫子剪了,说完转身走了。

二婶的辫子不是因为山子才剪掉的,山子悬着的心放了下来。有了钱,山子又开始了求学之路。

到学校之后,假如不是遇到那位厂长的儿子,山子也许永远不会知道这个秘密。厂长的儿子告诉山子：山子的二婶就在他们厂里上班，厂里有许多留着辫子的工人，厂里也从来没有要求工人剪掉辫子。

山子愕然，他知道二婶欺骗了他：二婶的辫子一定是卖掉了，为的就是要凑够山子的学费。想到二婶对自己的爱，山子的眼里的泪水涌了出来。

回家以后，山子翻出一张二婶留着辫子的照片，端端正正地把它放在钱夹里，藏在身上。

这个钱夹一直伴随山子读完初中、高中和大学。参加工作后，山子依然保存着二婶那张留着辫子的照片。山子说：他要把这张照片珍藏一生！

一罐米粉糕片

如歌的岁月像浩渺的江水奔流东去，历史的烟尘会将记忆中的很多事情悄然抹去，但是，生活中总有许多往事，就像刻在每个人记忆深处的碑石上，历久弥新。三十多年过去了，我的记忆深处埋藏着一个米粉糕片的故事。

我的老家在浙江省浦江县的一个小山村，村前的壶源江溪水清澈，屋后被葱茏碧绿的青山环抱着，山村清幽闲静，家家户户过着种田砍柴的农耕生活。就在我十岁那年年关的时候，家里做年糕,我欣喜地发现除了几个蕃芋粉糕外,竟然还有一个米粉糕,我悄悄用指甲抠下一小块放在嘴里,既香又甜,真是太好吃了。几天后,年糕烘干了,母亲把一小袋边头边角的米粉糕片交给我说:"过年了,这些米粉糕你要省着吃,蕃芋粉糕你自己拿。"接过那袋米粉糕片,我有点奇怪,那么大一个米粉糕,怎么剩下这么一点米粉糕片?我想问问,可看到母亲不悦的神色,我又不敢问。

还没到大年三十,那小袋米粉糕片就被我吃完了。吃过米粉糕片,前几年觉得很好吃的蕃芋粉糕片也变得难以下咽。我想,肯定是母亲把米粉糕片藏起来了。于是,趁父母亲没在家的时候,我东找西翻,找了好久,在父母的床底下找到一个陶瓷罐,拿下盖陶瓷罐的砖头,里面装着满满的米粉糕片。我急忙拿了一片含在嘴里,真香啊!吃完,我又拿了几片放在口袋里,然后重新盖好陶瓷罐,又把掉在楼板上的米粉擦干净,才悄悄地出了门。

从那以后,我每天都会悄悄到父母床前,去打开那个陶瓷罐,拿上几片米粉糕片。看着陶瓷罐里的米粉糕片好像没有什么变化,觉得心里很坦然。

不知不觉过了元宵,那天,我正在做作业,楼上突然传来了母亲的喊叫声,父亲和我连忙上楼,母亲已经搬出那个陶瓷罐,看到空了一半多的陶瓷罐,母亲看我的双眼几乎冒出火来。这时候,父亲说:"米粉糕片少就少点吧,也许是被老鼠偷吃了。如果不够,就带点蕃芋粉糕片吧。"听了父亲的话,母亲的脸色才缓和下来。原来,我自以为每天拿上三两片米粉糕片,罐里没有什么变化,其实已经被我吃掉了大半罐。由于父亲的话语,母亲没有再追究这件事,可后来我却为此深深地内疚了一辈子。

元宵过后，父亲出门了。同往年一样，父亲依然是村里的护林员，住在荒山野岭的护林棚里。半年以后，父亲因为胃疼回到家中，为了给父亲看病，家中花了不少钱，家里的欢声笑语也越来越少了，母亲的背也变得越来越驼了。几年以后，母亲因为生病离开了人世。

大学毕业以后，父亲告诉我，母亲临终前说，她最内疚的事就是对不住我，没能让我吃上香香甜甜的米粉糕片，吃了几片还让我受委屈。我一听完，眼泪就止不住地流了下来。那时，我已经明白，那罐米粉糕片是母亲为父亲精心准备的。父亲的胃不好，不能吃蕃芋类的东西，可是，竟然被我偷偷地吃掉了，结果让父亲的胃病复发，给家庭带来了灾难。更令我感动的是，为了顾全我的脸面，父母竟然用老鼠偷吃的谎言掩盖了我的错误。生活就是这样，当我明白过来并有能力想弥补自己过失的时候，上天却再也没有给我机会。

参加工作以后，我走南闯北，可对父母的这份牵挂却始终萦绕在心头，我铭心刻骨地记住这样一段话：孩子是一只飘飞的风筝，无论飞得多高，那线总是攥在父母的手中。

父亲的箴言

张秋云十八岁那年,有过很多很多的梦想。他想当一名作家,出版自己的作品;他想当一名教师,业余时间写诗作画;他更想当一名编剧,创作令人瞩目的电影剧本。可这一切,都因为高考失利而变得遥不可及。更让张秋云心灰意冷的是,得知他高考落榜,父亲冷冷地说:"叔叔是泥水匠,你就跟他去学手艺吧。"

父亲的话伤透了张秋云的心。说实话,从小学到高中,张秋云的读书成绩都很不错,很多老师和亲朋好友都夸他将来有出息。可在那千军万马参加高考挤独木桥的年代,张秋云离上线差了二十多分。班主任老师说他的成绩挺不错,复习一年再考,应该能考上。张秋云把高考成绩告诉父亲的同时,也把班主任的话说了一遍,可父亲却阴沉着脸色,过了好久才吐出一句让他去学泥水匠的话。

听完父亲的话,张秋云跑到二楼的小书房,关紧房门号啕大哭。学泥水匠,他就会像那些初中没毕业的家乡小伙一样,靠一双手打工去闯天下了;他再也没有机会靠读书改变自己的命运了。哭着想着,张秋云确实不甘心。吃晚饭的时候,张秋云再次向父亲提出明年去复习,如果没钱,借来的钱他今后可以自己去还。其实,张秋云心里清楚,下半年大哥要娶嫂子,这钱稍微省一点,他就能去复习了。可父亲听后摇了摇头,说不会改变决定。

父亲的冷漠让张秋云感到非常意外。从小到大,在三兄弟中,父亲都是最疼他的,不仅在生活上关心他,经常给他塞上几块零花钱。对他的学习成绩也很关心,经常会过问他的考试成绩。张秋云想,自己高考失败对父亲肯定是个沉重的打击,可父亲也不应该就这样让他告别读书生涯啊。

为了改变父亲的想法,张秋云悄悄地给班主任打了电话。班主任得知情况后,很快来到他家。父亲对班主任的到来深感意外。不过,父亲很快捉摸出老师的意图。父亲先是说家里比较困难,实在没办法让张秋云再去复习,后来又说即使参加复习了,第二年也不一定能考上。一席话说得班主任很尴尬。张秋云在楼上偷听他们谈话,既气又恨,眼泪又不争气地流了下来。

半个月后,父亲特意把叔叔请了过来,让张秋云向叔叔敬酒拜师,望着父亲买给他的那只工具包,想到自己将要告别读书生涯,与平常的打工青年一样闯荡江湖,张秋云没有一丝一毫的欣喜。只是机械地听从父亲的盼咐,给叔叔敬了酒拜了师傅。看张秋云不太好的脸色,父亲也没有多说,直到叔叔快走时,父亲边吸旱烟边说:"我知道这样委屈了你,可过几年你会明白的。不过,爸爸告诉你一句话,什么时候你都不要忘记:你无法改变世界,却可以改变你自己。"

张秋云没有回答父亲,做出影响他前途命运的事情,张秋云觉得任何理由都是多余的。可父亲的那句话,却让他在床上翻来覆去地想了很长很长时间。

张秋云很快跟叔叔走出了山村,天南海北地找建筑工地干活。也许张秋云爱好文学的缘故,无论走到哪里,空余时间,他总是不停地看书学习,顺便也写点文章。奇怪的是,叔叔对张秋云也不是很严厉,因此,他的手艺也没什么大的长进。

第二年,张秋云在一座城市打工,千里之外的父亲从家乡打电话过来,说母亲病重去世。叔叔给了张秋云一笔钱,让他赶紧回家。在送张秋云上火车的路上,叔叔语重心长地对张秋云说:"千万不要责怪你爸爸,否则你会后悔的。"听到叔叔话里有话,张秋云哽咽着问叔叔为什么?叔叔告诉他说,其实他爸爸很想让他再去读书,可家中确实没什么钱了。如果再传出母亲生病,大哥的媳妇怕也娶不成了。叔叔说:"我觉得你父亲那句话最中听:你无法改变世界,却可以改变你自己。"

在回家的火车上,张秋云再次细细回味父亲的那句话,终于明白到父亲的苦心。其实,父亲可以让张秋云留在家乡帮他支撑那个即将破碎的家,可父亲却依然自己挑起那副沉重的担子,为的是让张秋云能走出去接受更多的磨炼。

回家送走母亲后,张秋云又和父亲进行了一次彻夜长谈,张秋云终于了解到父亲的苦:母亲生病,大哥娶媳妇,家中早已借了不少钱,可父亲却不能流露出半分情绪,为的是让张秋云自己能坚强自立。

外出打工这段经历,让张秋云对人生理解了很多很多。再次外出,张秋云在叔叔后面潜心学习手艺,不久被一家建筑公司看中。几年后,张秋云先后通过自学拿到了大专和本科文凭,成为土木工程师,在公司里确立了自己的地位。文学创作方面,张秋云也出版了自己的小说散文集,努力拼搏的他终于事业有成。

"你改变不了世界，却可以改变自己。"父亲的箴言一直激励着张秋云。可张秋云始终不明白，作为一个普通的农民父亲，竟然会说出那样一句改变他一生的至理名言。可有一天，当张秋云回到老家，看到白发苍苍的八旬父亲手中依然拿着画笔，一笔一画在学习国画创作的时候，他终于明白，父亲的箴言是发自内心最真切的感受。

"偷"车

我的老家在山区农村，二十多年前，大多数农家的生活并不富裕，家里有辆自行车也算不错了。作为一个青年人，我最喜欢的就是去邻村看电影和看农村剧团的演出，那是我们山村青年欢乐的盛宴。每当哪个村里有演出，我们四五个年轻人就骑上自行车往哪里赶热闹。赶着赶着，我们还居然差一点成了"偷车贼"。

那是春寒料峭的一个夜晚，我和几位伙伴到离村十多里的一个山村去看电影，去的时候天气还不错，想到晚上天气可能变凉，我们都特意地穿了两件衣服，到放映场的时候，好几个人身上都出了汗。停好自行车，我们几个人就挤进了人群，边看电影边和熟悉的人说笑，玩得十分开心。电影放到下半场的时候，有个朋友来请我们吃夜宵，我们就一起去了。主人家的招待很热情，不仅烧了十多个菜，还特意烧了点心，大家吃完的时候，电影已经散场了。没了闹哄哄的场面,加上冷风一吹,我们都感到有点凉意。但是家总是要回的,何况有个同伴的自行车第二天他父亲还要用。就这样,大家硬着头皮骑车上路了。

半夜的月亮特别皎洁,银白色的月光照在山间小道上,我们四五个人骑了一段路的自行车,就停了下来。冷冷的山风不时从身边刮过,更增添了寒意,我们几乎都冻得发抖起来,不得不推着自行车走路。这时候,不知是谁说了句:"我们这样走回去,肯定要冻坏的,不如大家扛着自行车跑步。"他的话让大家心里一热。于是,我们几个人都把自行车扛在肩膀上,在山路上跑了起来。

不知不觉地跑了两三里路,跑步的情形果然不同,加上扛着自行车,我们一个个都累得气喘吁吁,浑身也开始发热起来。过了一个山湾,就在我们放下自行车准备休息一下时,周围突然亮起了好几个火把,几十个人一下子把我们围了起来,那场景可把我们吓蒙了。我们哆嗦着问:"怎么啦?"有个年长的老人扬了扬手中的锄头说:"你还来问我们,你们是怎么回事?"我们把扛自行车跑步取暖的事一说,那些人说什么也不相信,七嘴八舌地说:"半夜三更扛着自行车跑路,不是偷车的还会有什么?先关到村里再说。"我们这时才明白,我们半夜扛着自行车跑路,人家把我们当成偷车贼了。

看着围上来的村民,我们连忙解释说,如果是偷自行车的,自行车肯定是锁着的,我们还说了放电影那个村的很多朋友。就在这时候,围上来的村民中有人认出了我。经过再三解释,村民才让开一条路放我们回家。直到第二天,我们才了解到,原来他们有个村民在村口看到我们四五个人扛着自行车跑,就觉得有问题,喊了几十个村民把我们当作偷车贼拦截了下来。

冬去春来,岁月更新。经过多年努力,我也走出了生我养我的山村。但是,少年时的意气风发,家乡农民的真情淳朴,还有山村那难以忘怀的往事却像陈年老酒一样珍藏在心底,愈久愈醇厚,愈久愈香浓。

有梦不觉天涯远

小时候去外婆家拜年,有七八公里的山路。我的外婆家坐落在偏僻的深山沟里,只有一条蜿蜒曲折的机耕路通到村里,运气好的时候,能碰到运货的拖拉机,坐在上面,颠簸不停,能把胃里的东西全部折腾出来。我怕路远,总是不肯去。

我12岁的那年春节,父亲不慎摔了一跤,腿脚不便,拜年的事自然落到我的头上,可我还是想赖着不肯去。父亲告诉我,去拜年,外婆会给我一个大大的红包,这个红包就归我了。父亲的话让我坚定了去外婆家的信心,因为我想拥有一个自己的红包,用它买一套《红楼梦》,我做梦都想看呢。

一大早,我就出发了。曲折蜿蜒的山道上,行人稀少。山路两旁是翠绿的树木和柴草,树丛中还经常会惊起几只飞鸟,扑棱棱地飞进山谷里。虽然有点怕,可想到外婆的红包,我的心里像燃着一团火,向前走的脚步也快了很多。不一会儿,我竟然追上了一位老人。山路上难得遇见人,和老人打招呼后,得知他也是去外婆家的村里,我紧张的心才平静下来。

我和老人就这样在山路上边走边聊。老人告诉我:他原来是我外婆家的山村人,如今居住在县城里。说起往事,老人如数家珍。老人小时候就梦想着走出山村,可是,一没什么本领,二没什么特长,年轻时出去闯荡几年后,因为赚不到什么钱,还是回到了村子里。他31岁那年,村里来了一个雕花师傅,为一个将要出嫁的新娘做雕花新床。雕花师傅的手艺非常精巧,雕龙画凤,栩栩如生,他看得目不转睛。看他整天痴痴地盯着那些精美的雕花,雕花师傅问他愿不愿意学手艺,他犹疑了:自己已过而立之年,早过了学艺的最佳年龄,能学好吗?经过再三思考,他答应跟雕花师傅学手艺。就这样,雕花师傅带着他这个徒弟,走南闯北,师傅认真地教,他认真地学,十几年后,他的雕花手艺居然能与师傅媲美。凭着这一手艺,他在县城安了家,走出了山村。

听完老人的故事,我大为惊叹:就是那么一个梦想,让老人在几经波折后,到了31岁依然还能拿起刻刀,也正是这把刻刀,让老人实现了自己的梦想。

老人的故事讲完了,他问我怎么一个人敢走山路。我如实对老人说:"其实我心里也挺害怕的,不过我爸爸答应把外婆给的红包归我。"老人问:"你要红包干什么?"我腼腆地回答:"我想买几套书看看。"

听了我的回答,老人笑着说:"其实,你也是有梦想的。小孩子,不错不错!"

不知不觉,我和老人居然很快到了村口。老人特意地把我送到外婆家,还当着外婆的面夸奖我,让外婆十分开心。

从外婆家回来的时候,我的包里带着两样东西:一样是外婆给我的红包;另一样是老人送给我的一套《三国演义》,老人特意对我说了一句话:"有梦想,路不远。"

"有梦想,路不远。"当我把这句话说给父亲听后,父亲连连点头赞同。父亲告诉我说:为什么学校里老师会问你们将来想干什么?其实那就是梦想,一个人假如有了梦想,他在前进的道路上才不会感到寂寞和遥远。

渐渐长大以后,我终于理解老人话语中的含义。有梦不觉天涯远,每个人的生活都是这样,拥有一个梦想,快乐前行,你一定会收获到人生的风景。

画画这点事

十八岁那年,孙建成高考落榜,喜欢画画的父亲交给他几支毛笔,说:"我看你细皮嫩肉的也干不了什么农活,就跟我学画画吧。"孙建成接过笔点了点头。

说到这里,有人肯定以为孙建成的父亲是个画家,跟着父亲学画能够成名成家。其实不然,孙建成的父亲是个地地道道的山村农民,只不过小时候读了几年私塾,农忙之余,写字作画,居然也像模像样。于是,腊月的写春联,正月的画花灯,那是孙建成父亲最忙碌的日子,写了这村,画了那村。忙碌的母亲虽然有点怨言,但看到父亲整天忙里忙外,也没多说什么,只是让父亲注意身体。有时候,父母亲带孙建成去看花灯,父亲就会告诉孙建成,这花灯上的"三英战吕布",他画了一个晚上,"牡丹富贵图"画了一天,话语中充满了喜悦和自豪。

孙建成跟父亲学起了画画。父亲常常是天没亮就起床了,忙完田头地角的农活,回来吃早饭的时候,就给孙建成布置一天的作业。说是作业,其实也就是他父亲从报纸杂志上剪贴下来的几幅画,让孙建成依样画葫芦,一天画上几幅。说真的,看着父亲干活回来汗流浃背的样子,孙建成的心里很是过意不去,父亲却说:"你们年轻人如果不好好学点本事,将来怎么在社会上立脚?"听了父亲的话,孙建成暗暗下定决心,一定要把画画学好,将来报答父母的养育之恩。

就这样,孙建成在家里学了三年多时间的画。渐渐地,村里传出了风言风语。有的说孙建成是吃干饭的,这么大了还要父母来养活。还有的干脆说孙建成是生了什么病,这辈子要靠父母了。听到那些话后,想到自己学画几年,却什么成绩也没有,孙建成的心情坏透了。那天,孙建成气得把画纸揉成一团,狠狠地摔在地上。刚好,父亲背着锄头走了进来,看到他满脸懊丧的神情,父亲放好锄头,默默地从地上捡起画纸,轻轻地把画纸放在桌子上揉平,说:"儿子啊,一生的路要靠自己去走,而不是别人说什么,你就听什么。你已经长大了,应该有自己的主见。"父亲接着说:"我知道你心里急。可是,你知道吗?我写字学画几十年了,还是这个样子,还是一个农民。要相信自己,相信功到自然成啊!"父亲的话让孙建成急躁的情绪渐渐缓和下来,重新在画纸上练了起来。

孙建成虽然认真地学,刻苦地练,可是画画的进步并不大。有一次,孙建成听说省里的一家美院要招收学生,就跑去看了看,可看到每年要一千元的学费时,他的心顿时凉了一半。朴朴实实的农民父亲,到哪里去赚这笔学费啊。就在他心灰意冷时,父亲兴高采烈地领着两个客人来到家中,说要看看他的画。孙建成连忙把最近画的画翻了出来递给他们。看着客人看画的神情,孙建成心里却像有头小鹿在撞似的。终于,两位客人看完了他的画,然后从中选出了五张,说这几张画他们买下了,价钱是一千元钱。父亲一听,惊喜地一把抱住孙建成,拉扎的胡子狠狠地在他脸上扎了几下,说:"有了这钱,你就可以去省城读书了。"客人包好画走了,父亲一张一张地数着钱说:"画画这点事,我知道你准行——"就这样,孙建成用这笔钱进了省城的美院学习。

几年以后,孙建成的画作终于有了名气,并在省城安了家。每次回家,孙建成总是想让父母住到省城来,可都被他们拒绝了。他们说过惯了乡村的农耕生活,到城里反而不习惯。孙建成也不好勉强,只能在平时多打个电话问候,多回家看望父母几次。

前段时间,孙建成母亲突然来电话说,父亲病倒了。当孙建成心急如焚地赶回老家时,父亲已经住进了医院,医生诊断后说是尿毒症后期,让他们准备后事。回家以后,孙建成打开了父亲藏书的小书柜,除了几本书,里面竟然都是他读书期间的获奖证书,还有他的一些画稿。突然,一个信封掉了出来,孙建成打开一看,里面竟然是五张画。看着那熟悉的线条,孙建成一下子愣住了:这不是他第一次被客人用一千元钱买走的那五张画吗？这些画这么会在父亲的书柜里？

看孙建成疑惑的样子,母亲抹着泪告诉他事情的真相。母亲说,父亲看孙建成学画几年,怕他丧失信心。加上他想外出学习,担心家中没钱,就特意让几个朋友装扮成客人,用1000元前买走了他的画,终于让孙建成能够去省城学习。其实,那是父母留着养老的一笔钱。

听完母亲的话,孙建成的泪水再也止不住了:为了儿子,父亲母亲真的是放弃了他们自己的一切,是父母的大爱成就了他的梦想。

粽　娘

我的老家在浙江中部盆地的山区,山多田少地贫瘠,村民的生活并不富裕。我父亲忠厚老实,整天除了扛锄头就是拿柴刀,没有什么其他本事,加上家中有四个兄弟姐妹,我们的生活过得很清苦。好在母亲有一双巧手,她有一手包粽子的好手艺,村里哪户人家有了红白喜事,都离不开母亲的帮忙,于是,村里人都叫母亲为"粽娘"。

我小时候,由于家里人多,粮食总是不够吃。于是,母亲每次去替人家包粽子,我们就非常高兴。因为母亲忙碌一天一夜后回家,第二天总会带回几个粽子和馒头,那是办了红白喜事的人家送给母亲的"回头货"。于是,我们兄弟姐妹就能美美地吃上一顿,母亲则在旁边看着我们狼吞虎咽的样子,脸上布满了幸福的笑容。但是,有一次,母亲却因为粽子发了火,还用笤帚打了我们。那一天,我们知道母亲出去包粽子,可是第二天早上,母亲却什么东西也没带给我们。等到母亲下地后,我们就开始四下寻找,终于在碗柜的角落里找到了粽子和馒头,然后像馋猫见到鱼一样吃掉了这些东西。母亲回家后,怒气冲冲地把我们四个人召集起来,看到母亲黑着脸拿着笤帚,最小的我一下子吓得大哭起来。听说我们吃了粽子和馒头,母亲用笤帚狠狠地打在大哥的背上。这时候,父亲干活回来,连忙夺下了母亲手中的笤帚。我们不明白母亲为什么要发这么大的火,甚至对母亲还有些怨恨。可没过多久,我们都明白了,原来那些粽子和馒头是母亲留给父亲当干粮的,因为父亲要到离家三十多里远的林场去干活。

父亲去林场以后,母亲更艰辛了。那一年,我们家包了好几回粽子。包完粽子的第二天,忙碌一个晚上的母亲,安排好我们几个孩子后,就带着一大袋粽子上路了,每次总是天黑才回家。后来,父亲回家后告诉我们,母亲去林场看他,一天要走六十多里山路。当母亲的粽子送到林场时,父亲总是把母亲的粽子藏起来舍不得吃。看着那些充满爱意的粽子,父亲的心头总是暖暖的。

冬去春来,我的两个哥哥成家立业了,姐姐也嫁了出去,父母的双鬓也渐渐地白了,幸运的我竟然考上了县重点中学。就在我满怀喜悦地传递好消息的时候,母亲说要到镇上去卖粽子。父亲急了,请外婆来劝阻,可母亲似乎铁了心。当天后半夜,我醒过来时,父亲和母亲正在争吵,母亲说:"孩子要读书,我们哪来的钱?我去卖粽子,能挣几个算几个。"父亲说:"都怪我,没本事挣钱,连累了你。"听了这话,母亲低声哭泣着说:"我们平常人家,夫妻恩爱我就满足了。"

我上高中没多久,母亲果然在家包起了粽子。母亲下午在家中包好粽子,第二天一大早拿到五里路远的山镇集市上卖。听父亲说,母亲起先只能卖掉几十个粽子,每个粽子赚上一两毛钱。后来,母亲的粽子渐渐地卖出了名气,一天能卖上百个。看到母亲整天忙忙碌碌,父亲在空闲时间,也帮着母亲送粽子,卖粽子。有一次我读书回老家,看到父亲满脸笑容地骑着三轮车,母亲甜蜜地坐在三轮车上,到家的时候,父亲把母亲从车上抱了下来。父母那灿烂的笑容定格在我的脑海中,是那么温馨浪漫,久久难以忘怀。

就这样,凭着母亲包粽子赚的钱,我读完了高中,考上了大学。每一次回家,我看到母亲的脸越来越瘦了,腰变得越来越细了,背也越来越弯了,我劝母亲:"妈妈,大学里我能勤工俭学,学校还会对特困生进行补助,你就不要去卖粽子了。"可是母亲没有答应,她告诉我:"等你将来大学毕业找到了工作,那时候,我和你爸爸就在家里享清福。"父亲也在旁边说:"是呀,你母亲忙碌惯了,也闲不住。再说,大学里哪样不要钱?"就这样,母亲总是按月给我寄上一笔生活费,想到母亲靠卖粽子含辛茹苦赚出来的钱,我暗暗发誓大学毕业后要好好回报父母。

大学四年级毕业那学期的一天,我正在一家单位实习,突然接到了大哥的电话,让我火速回家。我问大哥出了什么事,大哥说母亲怕是不行了。挂断电话,我一下子呆住了:母亲啊母亲,我马上就要工作了,你再也不要卖粽子为我赚钱了,可残酷的命运却给我开了这样一个玩笑,它要夺去母亲的生命,让我抱憾终身。

我赶紧从杭州往老家赶,途中还特意带上了一大袋嘉兴五芳斋的粽子。说实在的,母亲辛苦了一辈子,我欠母亲的太多了,我早就想让母亲尝尝来自都市的粽子,可每次却懒得中途下车,安慰自己还会有下一次,可这一次,我还能赶得上吗?

当我赶回家中时,父母都在一楼的床上,母亲躺在父亲的怀里。看到我,憔悴的脸上露出了笑意,当我把那袋粽子递过去的时候,父亲吼了起来:"粽子,粽子,你还让妈看粽子,粽子害得你妈还不够吗?"看到父亲泪流满面的样子,我真不知道说什么话好。也许是感觉到父亲对我的责难,母亲艰难地抬起手,示意要我拿个粽子,那一刻,我满眶的泪水终于奔涌而出。

大哥告诉我。母亲腰疼已经很长时间了,可总是忍着,还继续包粽子。前几天,劳累过度的母亲终于晕倒了,送到医院检查后,医生诊断为尿毒症。听到这个消息,父亲整天陪在母亲的身边,谁也劝不走他。

没多久,母亲就离开了人世。父亲告诉我,母亲临终前一直拿着我的照片,念叨着我的名字,手中的那张照片一直到死,还是攥得紧紧的。我带去的那袋粽子,父亲也把它烧在了骨灰里,父亲说,那是母亲的临终遗言。

父亲带我卖饼干

十八岁那年,父亲介绍我到表哥开的公司当了一名推销员。说实话,我打心眼里就看不上比我大不了多少的表哥。表哥读书成绩不好,又喜欢闹事,初中还没毕业就离开校门跑出家门。想不到几年下来,表哥竟然在县城有了一家规模不小的制衣公司。高考落榜后,父亲把我送到表哥那里,表哥就让我做推销工作。我原以为凭着自己的能力很快就能在公司站稳脚跟。想不到两个月下来,我却没有推销出去一件产品。

这天,我满腹愁闷地回到家中,父亲问我工作是不是遇到麻烦,我点了点头。父亲把一大袋自家加工的饼干搬到三轮车上,说:"走吧,你今天陪我去卖饼干。"这几年,父亲供我读书,全靠加工饼干赚钱维持生活。我不知道父亲如何在小小的饼干加工中赚到了我那数千元的学费。看到我犹豫不决的样子,父亲笑着说:"你可别小看了卖饼干,这也是一门学问呢。"

我们就这样走进了坎坎洼洼的乡村小道。"卖饼干喽,又香又脆的饼干喽!"父亲响亮地吆喝着。可是,看的人不少,可掏钱买的人却没有。我跟在父亲后面,更是腼腆地不知所措。虽然没人买,父亲却依然大方地把饼干送给别人品尝,满脸写满了笑意。

不一会儿,我们来到一个农家小院,看到一位老大娘,父亲停下三轮车走过去打招呼:"老板娘,买一点饼干吧,这是我们用自家的面粉和鸡蛋做的。"老大娘看了看父亲说:"前几天孩子们回家,超市里买的饼干还有不少呢,我不买。"父亲并没有气馁,抓起几片饼干递过去说:"好不好,你尝尝就知道了。"老大娘连连摆手说:"我不买,不买。"父亲却仍然没有放弃,他把饼干递给老大娘说:"尝归尝,不买也不要紧。再说,家里饼干吃完了,你觉得好吃,下次可以买我的呀。"老大娘这才接过我父亲手中的饼干,放进嘴里开始品尝:"嗯,这饼干真香,下次我一定买。"老大娘没把饼干吞下肚子,嘴里就夸了起来。老大娘的话一出口,旁边围着的几位姑娘大婶就从父亲手中拿饼干尝了起来。

这时,一位中年妇女说:"你这饼干怎么卖呢?"父亲说:"七元钱一斤。"中年妇女说:"太贵了,再说我口袋里也没带钱呢。"父亲说:"不贵不贵,这饼干是一分钱一分货,别说面粉选最好的,就是那鸡蛋,我也是选农家土鸡蛋呢。至于钱嘛,我看你八成也是个老板娘,还差这十块八块的。"

父亲的话没说完,那位中年妇女就说:"行,凭你大叔这番话,我就给你先开个张,给我来一斤。""好嘞!"父亲答应着,边麻利地称起了饼干。

"喏,给你十块钱。"看中年妇女递给我十元钱,父亲边称饼干边说:"老板娘,我给你多称点饼干行不行?再说,三块钱也没啥东西好买的。"中年妇女说:"行,就凑十块钱的饼干吧。"听完中年妇女的话,父亲高兴地把饼干称好,又加了几片,才递给中年妇女。那位中年妇女连声说:"谢谢,谢谢。"

中年妇女买完饼干,旁边的大妈大婶也开始买起了饼干。从进入小院子的冷冷清清,到父亲的三轮车旁大家热闹地买饼干,我们的三轮车在小院里面停了两个多小时。我看到父亲的笑意一直荡漾在脸上,而且,每次把饼干递给别人,他的嘴里就会说上一句谢谢。

回家的路上,父亲又同我聊起了卖饼干的事,父亲告诉我说,卖饼干其实很简单,第一就是饼干要好,做得货真价实,人家爱吃;第二就是要坚持,不能人家一说不买就灰心丧气,多说几句可能买卖就成了;第三是有一颗感恩的心,多给人家一张笑脸,多让人家听一声谢谢,饼干吃完了,说不定人家还惦记着你呢。

父亲的话让我怦然心动:父亲没读过多少书,但是他却用自己多年卖饼干的经历给了我人生的启迪:要做货真价实的东西,要学会坚持,要有一颗感恩的心,这不正是我们生活中所需要的人生真谛吗?

回城以后,我找表哥谈了很久,对公司的产品提出了一些中肯的建议。在产品推销中,我也运用父亲的推销法,遇到困难不后退,常怀一颗感恩的心,推销业绩也渐渐地有了起色。如今,我也已经成为表哥公司的骨干,在公司里挑起了大梁。

飘香的火炉饼

母亲来城之前,特意地给我打电话,说一定要给我带点家乡的土特产,问我带点什么,我再三婉拒,说城里什么也不缺,但是母亲却怎么也不同意。盛情之下,我说:"那就带点火炉饼吧。""好,好。"听着母亲从电话那边传过来的爽朗笑声,我想起了美好的童年,还有那飘香的火炉饼。

我的老家在山区,小时候,家乡的生活还很贫穷。每当过年的时候,父亲总是给我们讲"过年吃糠馃"的故事。说的是他小时候,有一年过年,爷爷在正月初一那天,做了满满一大锅的糠馃,父亲他们兄弟几个吃得非常开心,父亲更是拉着爷爷的手喊着:"明年过年吃糠馃。"过年吃糠馃就成为父亲教育我们节约的一个话题。由于生活节俭,我们家中也很少有零食。

记得我10岁那年的秋天,我从学校放学回家,母亲悄悄地把我拉到一条小巷里,她从口袋里掏了好久,才掏出一小包用手帕包着的东西。母亲慢慢地打开手帕,一阵清香直冲我的鼻子,手帕里包着几块面疙瘩,母亲递给我一块,说:"这是我去大姨家带回来的,你尝尝。"我接过那块面疙瘩,是用面粉做的,不知怎么烤干了,闻起来却特别的香。我咬了一口,既香又甜,真是太好吃了。母亲看我狼吞虎咽的样子,连忙劝我别噎着,还把剩下的几块也塞给我。我问母亲这是什么东西,母亲告诉我叫火炉饼。从此,火炉饼就这样深深地印在我的脑海里。

没几天,我就缠着母亲要做火炉饼。母亲却叹了口气说:"家中没有麦子了,等明年收了麦子,我一定给你做。"于是,我的心中就有了一份期盼,盼望日子早点过去,期待麦收季节的到来。种麦子的时候,我同父亲一起掘地浇水,干得十分起劲。雪花飘落的时候,看着麦苗上那厚厚的积雪,我仿佛看到了那沉甸甸的穗子。春雨洒落的时候,看着长得粗壮的麦苗,我会不自觉地咽着口水,回味着火炉饼的味道。日子就在我的期盼中一天一天过去。

天气渐渐地热了,麦子也渐渐变黄了,就在我满心渴望可以吃到火炉饼的时候,家中出事了——父亲突然病倒了。母亲赶紧请人把父亲送进了医院。没多久,母亲就卖了一些稻谷,地里那些黄澄澄的麦穗,母亲直接就估价卖给了别人。看着别人收走了麦子,我的心里很是伤心。但是看着为了父亲来回奔波的母亲,我从心底里开始钦佩母亲。以前,家里的一切都是父亲做主,母亲只是个操持家务的农家妇女。父亲病了,母亲用她瘦弱的肩膀扛起了这个家。

父亲的病就这样让我失去了对火炉饼的梦想。冬种的时候,我再次在地里播下了麦种,飘香的火炉饼依然在诱惑着我。母亲看我在地里播种麦子,愧疚地说:"山子,是妈对不起你,我不应该把麦子全卖了。"我说:"妈妈,你放心,只要爸爸的病好起来。我会年年种麦子。"母亲听了,一把把我搂在怀里。

严冬过去了,我们迎来了春暖花开的日子,父亲的病渐渐好了起来。收麦子的时候,母亲的脸上满是灿烂的笑意。麦子还没有晒好,母亲就迫不及待地开始磨面粉。邻居问母亲干什么,母亲说:"做火炉饼呢,我家山子特爱吃。"到了做火炉饼那天,母亲找了大伯大婶十几个邻居,边做边吃,小院子里盈满了欢声笑语。我也在这充满欢乐的气氛中美美地吃了一顿。

母亲就这样做了一大罐火炉饼。我去学校读书的时候,母亲就在我的行李中放上一小包,让我当作零食。我知道家中并不富裕,可奇怪的是,每星期回家,母亲总能变戏法似的拿出一包火炉饼,塞到我的书包里。飘香的火炉饼让我的读书生活充满了乐趣。

大学毕业后,我走南闯北,但是,母亲烤的火炉饼却一直是我的最爱。回家的时候,母亲也总是千方百计烤好火炉饼,让我带上。其实,离开家乡后,超市里琳琅满目的精美食品远比火炉饼好吃,但是,我却始终无法忘却家乡的火炉饼,因为,我的内心深处早已明白,融入母爱的火炉饼是任何美味的食品都无法做到的。

飘香的火炉饼,永远难忘的家乡情结。岁月变迁,那份清香却永留心间。

爷爷的桃岭

很多时候,我都会想念一个叫桃岭的地方,那是浦江浦阳街道的一条古道,石板铺设的山道,在蜿蜒曲折的山岭中,绵延数公里。走上那条古道,曲径通幽,清脆的脚步声在大山里回荡,山鸣谷应,让我仿佛穿越到古老沧桑的岁月长河里。而最让我难忘的,是父亲给我述说的故事,桃岭,留着我爷爷的传奇。

我父亲说,爷爷是城里人,家底还算殷实。按理说,找个门当户对的姑娘不在话下,可不知什么原因,介绍了好几户人家,不是爷爷嫌弃人家,就是人家姑娘不愿意。三番五次,倔强的爷爷扎进了商海,在城里做点木材生意。

爷爷三十岁那年的春月,几位山里的生意朋友看爷爷无聊得很,便邀请爷爷一起去山里,一来散散心,二来也可以联络感情。一行人就这样上了桃岭。

春天的桃岭是灿烂的。柔和的春风轻吻着过往的行人,淡淡的花香弥漫着整条山谷。一路上,爷爷一会儿摘上几朵野花,一会儿喝上几口清冽的泉水,不一会儿就翻过了几道小山岭。就在他们兴致高昂的时候,山岭中突然传出一声尖利的惊叫声:"救命啊——"

爷爷一听就要往前冲,却被几位朋友一把拉住了。他们朝爷爷摆摆手,意思是让爷爷别多管闲事。爷爷把手一甩,吼道:"男

子汉大丈夫,见死不救,还配做人?"吼完就向前面冲去,几位朋友无奈,也只得往前面赶。

转过一个山弯,爷爷看到一个粗壮的中年男子正搂抱着一位姑娘,一只手撕扯着姑娘的衣服,姑娘拼命地挣扎和喊叫着。中年男子看到爷爷,目露凶光,恶狠狠地说:"不识相的,滚远点。敢坏老子的好事,老子让你吃不了兜着走。"

爷爷双脚一蹬,站在桃岭的青石板上,把小褂一扯一甩,露出一身结实的肌肉:"别人怕你,我可不怕!"

看到爷爷没有被吓跑,中年男子不得不放开姑娘。他眼睛一瞪,目露凶光,挥拳朝爷爷冲了过来。爷爷不慌不忙,沉着准备应战。这时爷爷的几位朋友也赶到了。那位男子眼见讨不到好处,说了句你们等着,就灰溜溜地跑了。

爷爷和几位朋友将姑娘送回了家。姑娘名叫桃子,就住在桃岭的山坡旁。桃子告诉爷爷,刚才跑掉的那个中年男子是附近村子里的一个无赖,经常来纠缠。爷爷说,那你告诉他,你是我的女人,下次再来,当心被人阉了。桃子问:你是谁? 爷爷说:城北老七。

从那以后,过去很少出城的爷爷经常出城。听说爷爷找了个桃岭姑娘,家里没有一个人同意。爷爷呢,一年后带着奶奶和我父亲大模大样地进了城。太公没有办法,把爷爷叫到一边,问爷爷为什么这么喜欢这个桃岭姑娘,爷爷说,桃子救过他的命。

太公问怎么回事,爷爷说:第二次走桃岭的时候,他的小腿被毒蛇咬了,桃子一张嘴就咬住被毒蛇咬伤的地方,一口一口吸出了毒血。爷爷安然无恙,桃子却昏倒了,医治了半个多月,才缓过神来。

爷爷说着挽起裤子,露出了小腿肚上的伤疤。

太公听完,沉思了好一会儿,说:"该娶!"

桃子奶奶和我父亲就这样在城里安顿下来。

因为奶奶来自桃岭,爷爷便和桃岭结了缘。几年后,爷爷奶奶和我父亲一起回娘家走亲。父亲在路上看到了一条蛇,便问奶奶当年是怎么吸去蛇毒救爷爷的,难道不怕被蛇毒毒死?奶奶惊愕地问:你听谁说我吸蛇毒救你爹的?我父亲说,这是太公亲口告诉他的。

奶奶看了一眼走在桃岭上的爷爷,一下子明白了。爷爷为了让她这个桃岭女子进城,虚构了这个吸取蛇毒救人性命的故事。

春去春回,年复一年,爷爷和桃子奶奶在桃岭来回奔波。杜鹃花开了,山栀花开了,还有那飘满清香的草兰花,桃子奶奶的头上总戴着美丽的野花,像一道别致的风景装点在古道上,绵延的古道写满了爷爷对桃子奶奶的真情爱意。

桃子奶奶去世那年,把爷爷虚构故事的事情告诉了父亲。奶奶说:自己这一辈子值,生长在一条让人回味牵挂的桃岭古道旁,有一个爱她疼她让她永远感到温暖的男人。

爷爷把奶奶安葬在桃岭古道旁的山坡上。后来,父亲把爷爷也安葬在奶奶旁边。爷爷留下了临终遗言:桃子是桃岭的女子,我老七是桃岭的传奇。

古道悠悠,岁月匆匆。百年人生在岁月的长河中也是南柯一梦。但是,爷爷和桃子奶奶这段在桃岭的真爱传奇,让我铭心刻骨,记忆犹新。

悠悠香榧情

遥远的故乡寄来一个沉甸甸的包裹,让我这个身在异国他乡的游子感到分外亲切。我慢慢地打开包裹,里面装着十包精致的冠军香榧。看着那颗颗饱满的香榧子,我的双眼湿润了:这来自诸暨枫桥的香榧,一下子勾起了我对家乡的怀念,更让我回想起嫂子那慈母般的亲情。

我的老家就在诸暨附近的浦江农村。说起香榧,我就会想起童年的趣事。小时候,村里哪户人家结婚办喜事,我们这群孩子就齐刷刷地赶去凑热闹。说上几句吉利话,便能要到不少礼物,印象中最深的就是能讨到香榧了。那些孩子中,我是最胆大的,每到一户人家,孩子们就把我推搡到最前面,让我说吉利的话语,主人家则不停地把花生、喜糖、鸡蛋等礼物分发给我们。讨香榧的时候,我就说:"香榧香榧两头尖,生出子女赛神仙。"在大家的轰笑声中,我们每个孩子就能分到两颗香榧。听大人说,这东西很贵,于是我也总舍不得吃,第二天吃上一颗,那满口的余香能让我回味好半天。香榧的美味让我对这种陌生的食品充满了向往,期待着有一天能好好地吃上一顿。可没想到,我却因为香榧差点闯了大祸。

那一年,大哥结婚,大哥娶的是个外地女人,办喜事前,大哥告诉我说,千万别在他老婆面前说香榧的事。谁知到了办喜事时,我把大哥的叮嘱忘得一干二净,说起吉利话来,一句接着一句,当我说到香榧时,那个外地女人一下子变了脸色,突然起身冲出门去。大哥和几位亲友赶忙追出去,直到半夜才把那女人找回来。大哥回来后当即给了我一巴掌,说如果有事就跟我没完,吓得我好几天不敢出门。待在家中,我怎么也想不明白:我说句香榧的吉利话,那女人怎么会出现这样的反应? 从那时起,我对那个女人也有了一种深深的成见,过去那么呵护我关心我的大哥,如果不是她,绝对不可能打我,让我受那铭心刻骨的一巴掌。

大哥对那女人很好。

我的家中出了几次变故,母亲因病去世,父亲也在一次车祸中受伤,家中的担子全部压在了大哥身上,而这时候,大嫂却没有像别的女人那样闹分家,她不仅忙家里的事务,还经常跟大哥一起下田上山干农活。最困难的那年,我考上了高中,看着父亲不停地摇头叹息,我的心情也忐忑不安。可那女人却把家里辛苦喂养了半年的一头猪卖了,她把所有的钱往我手里一塞说:"别的事情什么都能放,就是你的书,一定要读下去。""大嫂——"我的泪水再也止不住了,像孩子一样扑在她怀里失声痛哭。

渐渐地,我了解到了大嫂的很多往事。大嫂的老家就在诸暨枫桥,她家里原来有株百年的香榧树,在那割资本主义尾巴的年代,她父亲为保护这棵香榧树,建起了围墙,晚上常常看守到深夜,想了不少招数,可是胳膊拧不过大腿,香榧树虽然留住了,可再也不是他家的了。几年的折腾,她父亲在病痛和失望中离开了人世。从此,大嫂对香榧似乎绝了念头。知道这些情况后,我才明白过来,我心中那最美味的香榧,竟然是大嫂心中最难忘的苦痛,在她最幸福的时候,我竟然在她的伤口上撒下了一大把盐。

特别让我感动的是,大嫂却没有记恨我,而是用她自己最大的力量,支撑着我们这个破碎的家。

大嫂一直支持我读书,我读完高中上大学,读完大学又出国留学。在这期间,大嫂不断给我带来许多有关香榧的消息。她说,她老家那边已经归还了那棵百年香榧树,她和大哥也借着改革开放的东风,在诸暨枫桥承包了一块几十亩地的荒山,经过几年的开发,郁郁葱葱的香榧已经成林了。更为可喜的是,诸暨的相关部门也大力扶持香榧产业,不仅建成了香榧森林公园,而且举办了香榧节,真正把诸暨打造成了"中国香榧之都"。听着大嫂开心的话语,我借着高兴劲问大嫂:"大嫂,你过去不是一直都恨着香榧吗?"大嫂说:"时代不同了,如今香榧成了农民手中的金果子,我高兴都来不及啊。一代种榧百代凉,一年种榧千年香,现在,我还想变成一颗香榧种子呢。"

是啊,大嫂生在香榧的故乡,虽然离开了家乡,可是,在她的心中,她依然是故乡的一颗种子,对故乡这种深深的眷恋,是任何爱恨情仇都无法替代的。平平常常的大嫂,不正是诸暨枫桥许许多多种榧人的身影吗?其实,他们都是一颗颗香榧的种子,把亲情、友情洒向了世界各地,那悠悠的香榧情,是那么绵长,那么真挚。

"丁零零——"骤然响起的电话铃声打断了我的思绪,电话是大嫂打来的,她问我在国外是不是过得习惯。我对大嫂说:我想做一颗香榧的种子,我也会做一颗香榧的种子。